SUPERNATURAL™

O GUIA DE CAÇA DE BOBBY SINGER

SUPERNATURAL™

O GUIA DE CAÇA DE BOBBY SINGER

1ª edição

DAVID REED

SUPERNATURAL™ criado por Eric Kripke

Ilustrações: Anthony Diecidue

Tradução: Bruna Rötzsch

CONHEÇA NOSSO LIVROS
ACESSANDO AQUI!

Titulo original: Bobby Singer's Guide to Hunting

3ª Impressão 2025

Presidente: Paulo Roberto Houch
MTB 0083982/SP

Coordenação Editorial: Priscilla Sipans
Coordenação de Arte: Rubens Martim
Apoio de Revisão: Leonan Mariano

Projeto gráfico: Timonthy Shaner, NightandDayDesign.biz
Design de capa: Axel Sande/Gabinete das Artes
Fotos da capa: Cortesia da Warner Bros.
Editoração Eletrônica: Editoriarte
Revisão: Maria Clara Jeronimo

Vendas: Tel.: (11) 3393-7727 (comercial2@editoraonline.com.br)

Foi feito o depósito legal.
Impresso na China

Dados Internacionais de Catalogação na Publicação (CIP)
de acordo com ISBD

C181s Camelot Editora

Supernatural O Guia de Caça de Bobby Singer / Camelot Editora. - Barueri : On Line Editora, 2023.
232 p. ; 15,1cm x 23cm.

ISBN: 978-65-85168-43-4

1. Literatura infantojuvenil. I. Título.

2023-1622 CDD 028.5
CDU 82-93

Elaborado por Vagner Rodolfo da Silva - CRB-8/9410

IBC — Instituto Brasileiro de Cultura LTDA
CNPJ 04.207.648/0001-94
Avenida Juruá, 762 — Alphaville Industrial
CEP. 06455-010 — Barueri/SP
www.editoraonline.com.br

DEDICADO À MINHA MÃE E MEU PAI,

POR TEREM COMPRADO TODOS AQUELES

BONECOS COLECIONÁVEIS PARA MIM.

SUMÁRIO

AGRADECIMENTOS

Eu gostaria de agradecer a Eric Kripke, obviamente, por ter criado Supernatural e por ter me chamado para trabalhar com ele lá na quarta temporada e a Sera Gamble por não ter me demitido quando ela assumiu o comando. Eu também gostaria de agradecer a Christopher Cerasi e Rebecca Dessertine — sem eles, eu estaria publicando isso em fóruns da internet ao lado de figuras de Jared e Jensen sem camisa. Talvez, alguns de vocês teriam preferido isso. Por último, eu gostaria de agradecer à minha esposa, Mairin, e ao resto da família por terem me aturado enquanto eu escrevia em vez de cuidar do bebê, cozinhar, limpar, fazer exercício, dormir e aproveitar a vida.

HarperCollins também gostaria de agradecer a Ant Diecidue e Mary-Ann Liu pelas ilustrações interiores.

UM BURACO NA MINHA CABEÇA

EU PENSEI QUE MORRERIA ENSANGUENTADO.

Me parecia a coisa mais provável, levando em conta a minha linha de trabalho. Eu já olhei na cara da Morte (literalmente... ele é um cara legal, na verdade) e, para ser completamente honesto, achei que minha hora ia chegar há muito tempo atrás. Eu sempre imaginei que ia ter algum sentido... que minha marca nesse mundo seria mais permanente que a mancha do meu sangue no chão. Mas, em vez disso, vou ficar em estado vegetativo, balbuciando, a mente danificada a ponto de não conseguir virar uma maçaneta de porta, nem muito menos me alimentar. Aí está um pensamento sóbrio — vou morrer de fome com a metade de uma vaca no congelador.

Eu deveria voltar um pouco atrás. Isso não vai servir de nada, se não fizer sentido.

Há três dias — caramba, talvez até mais, eu não tenho certeza — eu estava em um lugar chamado Ashland no norte de Wisconsin. Tão ao norte que poderia até ser o Canadá. A cidade tinha uma série de desaparecimentos e nenhuma pista. Havia muita evidência, mas a polícia local não conseguia juntar lé com cré.

Espere. Eu preciso recuar ainda mais.

Meu nome é Bobby Singer (ao menos, ainda me lembro disso). É bem provável que você não me conheça... pois quase todos os meus amigos estão mortos e enterrados. Como eu disse, vem com o território. Se você é um novato no jogo, aqui vai o básico: você se lembra de todas aquelas coisas das quais você morria de medo quando era um pirralho? As coisas verdadeiramente terríveis que te davam um calafrio no corpo inteiro? Monstros, demônios e o bicho-papão debaixo da cama — *tudo isso é real*. Eu os vi, os cacei e os matei. Existem outras pessoas como eu — caçadores — mas não tantos como existiam antigamente. Não chega nem perto da quantidade necessária. Graças a eventos recentes, nós somos uma espécie em extinção e eu sou da raça antiga. Aprendi tudo que pude sobre cada bicho maldito que anda, rasteja ou voa e eu não vou deixar que tudo seja em vão.

De volta a Wisconsin. O que parecia um caso evidente... bem, não deve ter sido. A última coisa de que me lembro é ver Ashland no meu retrovisor e estar dirigindo em direção ao Oeste para Sioux Falls, onde eu planejava tomar um banho longo e assistir a maior quantidade possível de porcarias na tevê até que a próxima catástrofe me encontrasse. Aí, eu acordei em casa. Bem, "acordar" me parece um termo gentil demais, como se eu tivesse aberto meus olhos ao som de passarinhos enquanto o sol nascia – não, eu levantei de susto, gritando a plenos pulmões e quase despencando do sofá quando dei por mim. Bem, eu não vou mentir para você... álcool pode ter sido um fator. Não seria a primeira vez que uma bebida barata me deixou mal, mas isso parecia outra coisa. A dor de cabeça aguda estava presente e computada, mas algo importante estava faltando: *memórias*.

No começo, foram coisas aleatórias. Fui à cozinha, procurando uma bebida para curar a ressaca e a coisa mais estranha aconteceu... Eu não consegui lembrar qual era o armário de bebidas. Novamente, você pode não me conhecer, mas isso é caso sério. Não demorei muito para achar, mas por aquele minuto e meio, tudo no mundo estava errado.

Fazendo um balanço das coisas, era difícil ignorar o lançador de granadas abandonado no chão da minha sala de estar. Não costumo mantê-lo ali. Bom, a farra deve ter sido mesmo grande. Enquanto tentava me lembrar de como aquilo chegou lá, arrumei a casa, colocando as armas e equipamentos, que estavam espalhados por todos os cantos, em seus devidos lugares. O lançador pertencia ao andar de baixo, ao depósito de armas do porão. Não importa o quanto eu quisesse deixar ele exposto para servir de tópico de conversa, os convidados tinham uma tendência a reagir de forma exagerada à sua presença. Não é como se eu o usasse para caçar cervos. Eu tenho um arco e flecha semiautomático para isso. Girando o botão de combinação do cadeado da armaria, minha mente deu um branco. Eu abri aquele armário todo dia por mais de uma década e, de repente, não consegui recordar qual era a combinação. O aniversário de alguém, talvez? Eu tentei o meu, mas nada feito. Tentei algumas outras coisas, mas vamos ao que interessa – vinte minutos depois eu estava lá com um maçarico e um alicate.

Alguma coisa estava errada comigo. Eu não conseguia me lembrar onde tinha deixado as chaves do meu carro; eu não conseguia sequer me lembrar de onde tinha deixado o carro. A entrada de carros estava vazia. O que quer que tenha acontecido entre Ashland e Sioux Falls deixou um buraco no meu cérebro e eu estava vazando memórias. Na minha vida antiga, quando eu era apenas um mecânico qualquer, o diagnóstico teria sido doença de Alzheimer. Mas eu não sou mais um mecânico qualquer e tudo que aprendi nos últimos vinte anos me dizia que isso não era natural.

Só há uma coisa a fazer: ligar para os irmãos Winchester. Aqueles delinquentes têm um talento para se safar de encrencas, mesmo que eles não mereçam; me pareceu justo que eles me ajudassem a sair de uma para variar um pouco. Claro que, para me ajudar, eles teriam que atender a droga do telefone primeiro. Esses garotos têm mais números que uma lista telefônica chinesa, mas minhas ligações foram direto para a caixa postal em todos eles. Seria muito mais fácil localizá-los se eu conseguisse lembrar para qual direção eles estavam indo na última vez em que os vi, mas a vida não é tão fácil assim. Até onde eu sabia, eles podiam estar lá em cima, desmaiados. Depois que isso me veio à cabeça, eu tive que checar todos os quartos da casa para ter certeza de que isso não era verdade — eu não estava prestes a deixar aqueles idiotas chegarem de supetão como se fosse uma espécie de pegadinha.

Bem, e não era. Não havia sinal dos meninos em lugar algum, nenhum sinal do meu carro em lugar algum, nenhuma pista de onde eu tinha estado entre Ashland e minha casa. E se você não percebeu até agora para onde isso está indo, eu ainda não faço a mínima ideia. E está piorando. Eu tentei visualizar a cara da minha mãe essa manhã... não consegui.

Mas o ponto principal é que não sei o que aconteceu comigo. Eu não sei se vou conseguir consertar isso. Mas tenho absoluta certeza de uma coisa: eu não vou sucumbir sem lutar. Não vou deixar que tudo que eu aprendi desapareça. Então, isto que você está segurando em suas mãos — é tudo o que eu sei. Tudo que possa ser útil para os caçadores que vierem depois de mim... e isso inclui vocês, Sam e Dean. É a única esperança que tenho de consertar o vazamento no meu coco. É um Guia de Caça... é um guia de *mim*. Minha última vontade e testamento.

A BANSHEE DE ASHLAND

VOCÊ SABE AQUELA SENSAÇÃO QUE VOCÊ SENTE quando está contando uma história e sabe que está deixando as melhores partes de fora? Essa é minha vida no momento, 24 horas por dia, sete dias por semana. Então, me desculpo com antecedência se eu pular uma parte saborosa. Não consigo me lembrar das coisas das quais eu não me lembro, se você entende o que eu estou dizendo.

Me deixe começar descrevendo a minha rotina matinal típica: acordar com o sol, aparar a barba (a limpeza está perto da divindade, como diz o ditado), começar a fazer o café da manhã e ser interrompido na metade por alguém ligando com uma catástrofe. Você pode marcar no relógio – assim que os ovos começam a fritar, algum idiota precisa da minha ajuda. Geralmente, são Sam e Dean. Eles parecem se meter em mais complicações do que a maioria, o que é dizer muito nessa linha de trabalho. Até alguns meses atrás, Rufus Turner era o segundo candidato mais provável a ligar – que sua alma repouse. O restante das ligações vinha de outros caçadores de todo o país – de todo o mundo, agora, se você contar meu amigo Eli em Budapeste. Ele foi caçar um vampiro lá e gostou tanto da comida que nunca mais voltou para casa. Ou foram as mulheres? De qualquer jeito, seu apetite está sendo saciado. Na maior parte do tempo, a pessoa ao telefone só precisa de alguma informação. O que você usa para matar um ghoul? Que tipo de criatura suga o sal todinho para fora de você? Esse tipo de coisa. Outras vezes, um caçador precisa de… um apoio *mais direto*.

Portanto, não me surpreendeu nem um pouco receber uma ligação na última quinta de manhã, me perguntaram se eu poderia investigar os desaparecimentos de quatro homens em Ashland. Quem me ligou, bem, essa parte é um borrão. Porém, deve ter sido alguém em quem confio ou eu não teria dirigido todo esse percurso. Acredite em mim, não há muito que valha a pena ver ao norte de Wausau. Entrei no meu Chevelle e fui para o Leste na I-90.

Ao me aproximar de Ashland, comecei a ficar nervoso. A floresta Chequamegon ao Sul da cidade é assombrada, todos sabem disso. O que eles não sabem é que o medidor de campo eletromagnético é inútil nessa floresta. Para os caçadores novatos, medidores de campos eletromagnéticos são trecos portáteis que conseguem detectar quando um fantasma está presente, ou esteve, há pouco tempo. Eles são o melhor amigo de um caçador, e salvaram minha pele muitas vezes. Assim que você entra nessa floresta, o medidor acende igual a uma árvore de natal e não por causa dos fantasmas, mas devido à marinha americana. Eles têm um transmissor em Clam Lake que se comunica com submarinos nucleares e fode com nossos aparelhos. Isso significa que você não terá nenhum aviso prévio quando os fantasmas se aproximarem, então fique atento. Eu me pergunto se é por isso que os fantasmas se reúnem aqui... porque eles gostam das vibrações amigáveis? Que inferno, eu estou fugindo do assunto. *Ashland*...

Os homens desaparecidos eram todos cidadãos do bem — pagavam seus impostos, rezavam regularmente, tratavam bem suas mulheres. Com exceção do mais jovem, que ainda não era casado. Eu falei com a mulher do primeiro homem a desaparecer, que poderia muito bem ter sido uma parede de tijolos. Ela só tinha coisas agradáveis a dizer sobre o querido falecido e não fazia ideia do que tinha acontecido com ele.

Comecei a chegar a algum lugar com a próxima menina. Ela me contou que seu marido tinha ouvido algumas coisas, antes de desaparecer como o bebê Lindbergh. Mas ele não estava ouvindo as coisas comuns — vozes, instruções demoníacas, nada disso — ele estava ouvindo *cantoria*.

Eu falei com a mãe do cara mais novo, Bea Engstrom. O nome me chamou atenção, porque a primeira garota com quem, bem, eu *tive relações*, o nome dela era Bea. Essa história em particular

não precisa ficar registrada historicamente, porém — seu nome começava com B, mas ela era uma nota C+ no máximo. De qualquer maneira, Bea me contou a mesma coisa, o filho dela estava ouvindo alguém cantar. Ele não conseguia escapar do barulho, ouvia aquilo no seu apartamento, no trabalho, em todo lugar. Era uma voz feminina em uma língua que ele não conseguia compreender. Bea o mandou para o médico, ela achou que algo devia estar errado com seus ouvidos. Mas quando o médico não detectou nada, ele começou a beber, mas isso só fez com que a cantoria piorasse. Cinco horas depois, ele se foi.

O último cara a desaparecer, um tal de Mr. Lavery, o caso dele foi o mais estranho. Ele acordou uma noite às três da manhã, entrou no seu carro e dirigiu em direção ao pântano fora da cidade. Quando ele começou a entrar no lamaçal (note-se que ainda de pijama), um caçador de cervos o avistou e perguntou que diabos ele estava fazendo. Ele não conseguia responder. Ele só entrou no seu carro e dirigiu de volta para casa. De acordo com a sua mulher, ele não sabia o que o tinha levado a ir ao pântano, ele apenas sabia que devia fazê-lo. Óbvio que quando ele desapareceu, um dia depois, o pântano foi o primeiro lugar onde a polícia o procurou. Cães treinados de polícia vieram de longe de Eau Claire, mas não conseguiram farejá-lo. Lavery nunca mencionou isso, mas eu aposto um milhão de dólares que ele estava ouvindo a mesma voz cantando, e isso que o levou a mergulhar no lamaçal.

Então, eu juntei as pistas:

CANTORIA QUE NINGUÉM MAIS PODE OUVIR — isso já foi relatado com fantasmas em diversas ocasiões, mais notavelmente no caso de Greta Wilson. Wilson era uma cantora de ópera famosa em Nova Iorque nos anos 30, conhecida não tanto por sua voz de *vibrato*, mas mais por seus atributos... grandes. A mulher era peituda e tinha uma grande rotação de amantes, um deles não quis dividi-la, então ele cortou sua garganta quando descobriu que ela estava passando de mão em mão. Para uma cantora de ópera, essa é a pior morte possível — ter suas cordas vocais cortadas. Ela não conseguiu nem gritar ao ser assassinada. A lenda diz que ela passou a assombrar os camarins da boate onde foi assassinada, cantando terrivelmente (mais uma vez, ela era mais conhecida por seus peitos, não sua habilidade de cantar) nos ouvidos das moças jovens que iam se apresentar. Já que Chequamegon é notoriamente assombrada, um fantasma cantante foi meu primeiro palpite em Ashland também, mas isso quebraria a regra número um dos espíritos: eles não viajam. Há exceções, mas eu vou falar sobre elas mais tarde. Nesse caso, não havia nenhuma evidência de que os homens estivessem perto uns dos outros nos dias antes de seu desaparecimento, então um fantasma não poderia ser o culpado.

CONVENCENDO PESSOAS A SE MATAR — essa é uma tática usada pelos *crocottas*, desgraçados cruéis que chamam as pessoas pelo nome e muitas vezes convencem a vítima a se matar. Há alguns anos atrás, Sam e Dean caçaram um que estava usando o telefone e a internet para fingir que era uma pessoa querida. Dean até recebeu uma ligação de John Winchester. Coisa muito escrota, mesmo. O perfil combinava, mas eu nunca ouvi falar de um *crocotta* que cantasse para suas vítimas. Talvez esse fosse um fã de musicais, ou, talvez, se tratasse de uma coisa inteiramente diferente. Aliás, a maioria das vítimas dos *crocottas* é achada morta, elas não desaparecem simplesmente.

O PÂNTANO — essa foi a peça que completou o quebra-cabeça. Pântanos são terrenos férteis para atividade sobrenatural, por todas as razões que você espera. Eles são úmidos, escuros e humanos costumam se manter à distância. Esse pântano, em particular, também era *enevoado*. Eu o visitei no meu segundo dia na cidade, quando se acabaram as pistas. A neblina era espessa, do tipo que parece que pode te sufocar. Como se você estivesse debaixo d'água em plena terra seca. Olha, eu não sou o que você chamaria de homem culto — eu visitei alguns lugares, mas não tantos quanto gostaria — mas aquela névoa me lembrou de um lugar que eu vi muitas vezes: a cervejaria Guinness. Eu nunca fui lá pessoalmente, mas tenho um livro no banheiro sobre as cervejarias mais famosas do mundo. Tem um artigo inteiro sobre a história da Guinness desde 1759, quando Arthur Guinness assinou um contrato de nove mil anos de aluguel de sua fábrica. Aquele homem tinha confiança em seu produto. Uma das fotos do livro é da casa de campo de Arthur Guinness na costa leste da Irlanda, perto de um lugar chamado Swords* (nome incrível, na minha opinião). A casa estava nadando na névoa; a mesma névoa espessa e impenetrável que cobria o pântano em Ashland. Talvez, seja nela que Guinness achou inspiração para sua cerveja.

NÉVOA — a pista final. Caiu a ficha, bruscamente: a Bruxa das Brumas, também conhecida como banshee. Elas são nativas da Irlanda e da Escócia e se manifestam como uma mulher etérea, que canta para aqueles que estão prestes a morrer. A lenda é vaga na melhor das hipóteses, já que elas são muito raras nos Estados Unidos, mas quase tudo encaixa. Porém, não consigo me lembrar de uma banshee que realmente tenha matado alguém. Elas servem mais como aviso, um prenúncio de más notícias. Me perguntei se uma banshee poderia estar operando de modo atípico, cantando para uma vítima que ela mesma estava prestes a matar? Não seria o primeiro monstro a agir de forma estranha nesse ano. Nunca pensei que veria uma *lâmia* ou um *okami* por essas bandas também.

Uma coisa que eu não sabia sobre uma banshee era como matá-la, então tive que pesquisar. Isso é uma lição importante para os caçadores novatos por aí, então escute (leia... que seja) bem. Está tudo na sua frente. Toda informação que você precisa e todo o folclore estão encarando bem a sua cara feia. Tente a biblioteca local, por exemplo. "Mas eles não têm uma seção sobre banir espíritos irlandeses", você choraminga. Sim, eles têm e se chama seção de livros infantis. Encontre um livro com canções tradicionais irlandesas e você encontrará o que precisa.

Debaixo do olho brilhante da lua/
Uma mulher canta suavemente/
Um aviso para aqueles que habitam/

---

* Swords significa espadas. (N. do T.)

Na terra dos que ainda não morreram/
Preste atenção à sua voz/
Ou erga seu ferro.
(Traduzido do gaélico)

Tão claro quanto o dia. "Erga seu ferro", o que tenho certeza ser mais poético em gaélico, significa que elas são vulneráveis ao ferro, como a maioria dos espíritos. Óbvio que isso não me ajudou em nada. "Vulnerável a" não significa "pode ser morta com". Eu já sabia como me proteger da banshee, mas não sabia como me livrar permanentemente dela. De volta ao folclore.

Num livro de fábulas infantis, achei uma referência à banshee. As crianças na história estavam assustadas com o canto da banshee, já que isso significava que a morte ia visitar a família no futuro próximo. Uma mordedora de canelas em particular tinha ouvido a canção da banshee quando sua vó morreu. Ela sentia tanto medo de ouvir a canção da banshee de novo, que ela cantava a canção do banshee para si mesma toda noite, tentando lembrar as palavras certas desesperadamente para que ela a reconhecesse quando a banshee viesse mais uma vez. Quando a banshee voltou, a garotinha cantou a música para o espírito — a banshee sabia que a música estava sendo cantada para ela e que seu próprio tempo tinha chegado. Ela desapareceu na névoa e nunca mais ninguém a viu por aquelas partes. A *canção* era a chave. Repita-a para a banshee e ela será banida.

Minha primeira reação: "Que saco. Vou ter que cantar".

Dois desafios me esperavam: (1) fazer com que a banshee me procurasse e (2) falar gaélico. Consigo ler bem o suficiente para traduzir velhos documentos, mas falar em voz alta? Eu estava, no mínimo, enferrujado.

Ashland tem uma população de quase dez mil — ficar esperando para ser escolhido pela banshee não ia funcionar. Eu tinha que descobrir qual era a conexão dela com as vítimas. Todos eram homens, então eu tinha isso a meu favor. Eles tinham entre 24 e 51 anos. Eu estava perto o bastante disso. Três eram brancos, um era indígena, então raça não parecia ser um fator. Há sempre uma chance da escolha da vítimas ser aleatória. Essa é a pior situação para um caçador, pois nossa única esperança é pegar o monstro no ato, o que, numa cidade do tamanho de Ashland ou maior, é quase impossível. Uma situação bem melhor é quando você consegue identificar o que o monstro está procurando em suas vítimas e se transformar no melhor exemplo possível disso. O monstro quer um cara alto, você chama Sam Winchester. O monstro quer uma garota bonita, você... bem, eu não conheço nenhuma. Então, eu chamaria o Dean.

Eu dei mais uma olhada nos arquivos dos caras desaparecidos, continuei sem saber nada. Depois reli minhas notas de quando falei com Bea, a mãe do cara mais novo. Ela deixou seu quarto como estava para o caso de ele simplesmente voltar como se nada tivesse acontecido. Preso na parede estava um colete laranja de caçador. Não é uma visão incomum em Wisconsin. A Sra. Lavery me contou que seu marido tinha sido avistado no pântano por um caçador de cervos. E se todas vítimas fossem caçadores e todas estivessem caçando no pântano nos dias que antecederam seu desaparecimento? A banshee pode tê-los visto, seguiu-os até suas casas e os atraiu de volta para o pântano.

Liguei para a Sra. Lavery e descobri o nome do caçador que impediu seu marido de desaparecer na primeira vez: um homem chamado Bill Henderson. Não deu muito trabalho encontrá-lo em sua casa, onde ele estava enfurnado no seu escritório, pálido e nervoso. "Você está ouvindo coisas?", eu perguntei a ele. A expressão na sua cara foi o bastante para confirmar minhas suspeitas. A banshee estava atrás dele, já sussurrando em seu ouvido.

Você tem que agarrar oportunidades como essa. Um minuto depois, eu já o tinha cercado com um pentagrama de tacos de golfe, eu tinha salgado as portas e as janelas (só para garantir) e dado uma espingarda com balas de ferro para ele. Se ele ouvisse a voz de novo, eu falei para ele atirar na direção de onde o som estava vindo. Com Henderson seguro, eu passei para o próximo passo: tornar-me um alvo.

Eu já tinha ido ao pântano, então a banshee já me conhecia. Saí da casa do Henderson, fiquei a milhas de distância de qualquer ferro e esperei. Se ela não conseguisse pegar Bill, eu esperava que ela viesse atrás de mim no seu lugar.

Então, esperei. E esperei. E esperei mais um pouco. A vadia devia estar realmente fixada no Bill Henderson. Decidi esperar a noite inteira no banco de trás do meu Chevelle, liguei o rádio para tentar pegar no sono, mas a música era estranha. As palavras não faziam sentido. Caramba, soava como gaélico — e era exatamente isso o que era. A banshee estava falando comigo através do rádio.

Se superestimar é uma coisa que acontece com frequência com os caçadores — você acha que já sabe tudo sobre o bicho, você acha que sabe de todos seus pontos fortes e fracos, mas, mais vezes do que não, você tem pontos cegos no folclore e assim que você ataca o monstro, ele faz um movimento imprevisível. Eu não ia correr para o pântano. Estava me fazendo de difícil. Um café da manhã pacato na lanchonete local. Uma ida à loja de armas para socializar. Uma passada na loja de bebidas para reabastecer meu estoque de uísque. E, por todo esse tempo, eu ouvi a voz cantando na minha cabeça com muita atenção, tentando distinguir as palavras e memorizá-las. A cantoria da banshee começou a me afetar — senti uma vontade forte de ir para o pântano, mas me segurei o máximo que pude. Jantar num restaurante francês — pois posso não parecer refinado, mas na casa Singer há mais do que salsichões e Budweisers. E então, finalmente, corri para o pântano, para tentar matar a banshee.

Estava ficando escuro quando estacionei, o que era lamentável, mas necessário. Espíritos são mais ativos à noite, o que deveria ser óbvio baseado em todas as histórias de terror que você já ouviu. Não é que eles não possam dar pancadas em janelas durante o dia, mas o seu objetivo principal é fazer o maior número possível de pessoas mijar nas calças e isso é mais eficaz de noite. Há algo primitivo em nosso medo do escuro — da noite. Eu já vi homens crescidos choramingarem como bebês quando algo faz um barulho depois que o sol se põe.

Deixei meu Chevelle num terreno de cascalho perto do pântano. O terreno é destinado a caçadores e amantes da natureza que querem passar o dia na bacia hidrográfica do Bad River* (de onde eles tiram esses nomes?), mas pelo estado da vegetação, fica claro que ele não era muito utilizado. Havia, ao menos, um rastro de pneus no cascalho — talvez de uma das vítimas? Mas, então, onde estavam seus carros? Eu trouxe uma espingarda e balas de ferro o bastante para terminar o meu negócio e me direcionei à lama.

* Bad River significa Rio Mau. (N. do T.)

A luz da minha lanterna começou a falhar, o que é um sinal infalível de que alguma bosta de outro mundo está prestes a acontecer — se houvesse áreas frias (outro indício de um espírito próximo e em atividade) no pântano, eu não saberia, pois o lugar inteiro estava frio demais.

E, então, eu ouvi o choro.

Não é parecido com nada que você já tenha ouvido antes, nem perto do choro de uma garota adolescente que acabou de ser traída pelo namorado — é um gemido de angústia como algo que você ouviria no inferno (não que eu tenha experiência pessoal, nunca fui lá, mas alguns amigos me falaram que não perdi nada).

A maior parte do pântano era água rasa com grama longa e árvores crescendo da lama, mas cheguei a uma seção mais profunda — mais parecido com um lago do que um pântano. O gemido estava vindo do meio do lago e eu podia jurar que a água estava borbulhando no centro, como se estivesse fervendo. Mirei minha arma no lago, virei para o Sam e disse:

— Espere.

Sam estava lá. Sam Winchester. Que diabos está...

Isso não está fazendo nenhum sentido. Sam e Dean estavam lá comigo. Eles estavam caçando a banshee também...

Eu virei para o Sam, falei para ele que a banshee ia nos atacar a qualquer momento, para ele preparar seu telefone, pois, veja bem, eu tinha cantado a música da banshee para o gravador do seu iPhone e... está tudo voltando em fragmentos agora...

A banshee, *de fato*, nos atacou. Mas não era o que nós esperávamos. Era — havia duas criaturas. Uma banshee e algo mais, algo que eu nunca tinha visto ou ouvido falar antes. Uma mulher, mas é como se ela fosse líquida. Como um rio correndo em forma de pessoa.

Por quanto tempo Sam e Dean estiveram comigo? O tempo todo? Não me lembro deles comigo antes do pântano. Foram *eles* que me chamaram para Ashland? Onde é que eles estão agora? Eu vou ligar para eles de novo. Você pode esperar.

Nenhuma resposta.

De volta à banshee e... à outra coisa. A banshee estava cantando, Sam apertou play em seu iPhone, minha execução barítona da canção da bruxa começou a soar e... a coisa sorriu. Não a banshee, a outra mulher. A banshee se debateu e respingou água e fumaça nos ares em seus espasmos finais. Como muitas outras criaturas que eliminei, ela não se foi em silêncio.

Pedaços estão faltando. Pedaços dessa história não se encaixam. A outra, a mulher do rio, ela veio em direção a Dean, nem sequer o tocou e ele se espatifou contra uma árvore, imobilizado por nada além da força da mente dela. Ela realmente o machucou, dava para ver. Sangramento interno, talvez, mas ferimentos como esses são difíceis de diagnosticar sem uma visita à sala de emergência. Sam, sendo o Sam, se jogou nela como um touro e tudo o que ele conseguiu foi cair de cara na água. Isso não acontece com frequência, mas eu estava paralisado, demorei uns cinco segundos antes de me lembrar da espingarda em minhas mãos. Eu atirei nela, ela nem piscou. E foi então que ela olhou nos meus olhos. Como se ela me reconhecesse. Aquele olhar que você tem quando vê algo que sempre quis e está bem na sua frente... Como se ela quisesse a minha cabeça numa bandeja. E então...

Eu estava aqui. No meu sofá.

Eu podia jurar que eu lembrava do fim da história quando comecei a contá-la. Eu podia jurar que Sam e Dean não estavam em Ashland comigo.

O que está acontecendo comigo?

ISSO NÃO TEM GRAÇA

EU ACABEI DE LIGAR PARA O CELULAR do Rufus. Esqueci por um minuto que ele se foi. A probabilidade é que ele não teria sido capaz de me ajudar, mas me faria algum bem tirar tudo do meu peito — suponho que seja por isso que estou escrevendo isso.

Eu vou pegar uma bebida.

Estou de volta. Não me sinto nada melhor.

O que eu faço? Dirijo de volta para Ashland, encontro aquele pântano? Uso minha credencial falsa do FBI para colocar uma notificação de alerta geral para Sam e Dean, para ver se eles aparecem em algum lugar? Eu apenas... Eu não consigo afastar a sensação de que a resposta está na minha cabeça, que eu conseguiria consertar se conseguisse simplesmente liberar a memória certa com uma pancada. Acho que isso significa que tenho que continuar a escrever.

Em algum lugar entre o pântano e aqui, devo ter levado uma porrada na cabeça. Devo ter perdido o meu carro. Devo ter perdido Sam e Dean. Se eu conseguir desvendar qualquer uma dessas coisas, talvez o resto se torne aparente. Não tenho nenhuma pista da parte de *O Vingador do Futuro**, nenhuma resposta dos Winchesters, então acho que é tempo de recuperar meu carro com o localizador LoJack.

O Chevelle está na minha coleção há décadas, mas nem sempre foi meu veículo de escolha. Quando eu o achei era uma sucata, uma perda total de algum moleque em Pipestone, Minnesota. Ele conseguiu destruir o carro andando a 20km/h no estacionamento de uma loja de conveniência. É preciso ter muito talento para ser

* Filme de ficção científica de 1990 no qual o ator Arnold Schwarzenegger tenta recuperar sua memória (N. do T.).

burro a esse ponto. A carroceria do carro ficou no meu ferro-velho (eu já contei que sou dono de um ferro-velho?) por quase cinco anos antes de decidir reconstruí-lo. Se a minha memória for confiável (e, ultimamente, não tem sido), eu o fiz para impressionar uma garota. No seu auge, era algo lindo de se ver. A tinta das portas combinava, nenhuma ferrugem, nenhum arranhão. Ao envelhecer, fui ficando mais calejado e o Chevelle também.

O carro tem sido meu companheiro por mais tempo do que qualquer pessoa que eu conheci, se isso te dá alguma dica de quantos anos ele está comigo. Mais tempo do que fiquei com minha esposa (que ela repouse em paz), mais tempo do que eu convivi com Rufus ou John Winchester. Mais tempo do que eu convivi com minha mãe. Nesse momento, o Chevelle não está na entrada de casa — mas eu voltei de Ashland para Sioux Falls de algum jeito e asas de anjo não brotaram em mim, e não tenho uma passagem de ônibus no meu bolso. Eu acho que está na hora de fazer um reconhecimento do ferro-velho, ver se eu encontro pistas de como cheguei aqui. Se eu não terminar essa história é porque esqueci a razão de a estar escrevendo.

. . . . .

É pior do que pensei.

Não notei isso antes, mas no portão de entrada, algum babaca maldito bateu na placa do meu ferro-velho (Pátio de Auto Salvação do Singer), dobrou os suportes e raspou um pouco de tinta — tinta igual à do Chevelle. Acho que eu sou esse idiota.

Fui seguindo as marcas de pneu no ferro-velho, passei por um Chevy detonado que eu tinha armazenado em uma plataforma superior. Não estava mais lá. Sorte que não foi o Impala ou o Dean teria tido um chilique. As marcas de pneu se torceram um pouco, serpenteando até o fundo do ferro-velho, onde achei um monte amarrotado de metal. O que antes eram dois carros, agora é um emaranhado de aço e vidro — totalmente detonado. Um desses carros foi um dia meu Chevelle. Como saí vivo dessa batida, não posso nem começar a imaginar. Eu diria que tenho um anjo da guarda no meu ombro – se eu não soubesse, com certeza, que todos os anjos são uns desgraçados. Castiel sendo a exceção que prova essa regra específica.

Tudo isso é bastante misterioso independentemente, e suscita algumas perguntas para as quais não tenho resposta, mas é apenas a ponta do maldito *iceberg*. O que realmente me deixou abalado é o que encontrei depois. Riscada em grandes garranchos no que restava do para-brisa do Chevelle – uma palavra.

"Karen."

Isso não é justo.

KAREN

EU JÁ PERDI alguns parafusos, agora eles (ou algo, que seja) estão metendo a minha esposa no meio da conversa. Minha esposa que morreu não uma, mas duas vezes, devo ressaltar.

Vá se danar.

"Karen" estava escrito com grandes letras no para-brisa e, até onde sei, fui eu quem dirigiu o carro até aqui. Então, o que isso significa? É um aviso?

Karen. O que eu posso dizer sobre a Karen? Eu devo escrever a versão de minha vida com ela sob a ótica de um caçador, todos os fatos terríveis sobre a coisa que aconteceu com ela? Devo tratá-la como um "caso"? Ou devo utilizar o que podem ser as minhas últimas palavras para registrar tudo que ela significou para mim? Devo contar as horas que ela passava ajeitando o cabelo para que tudo ficasse perfeito? Que ela me encontrava no sofá depois de tomar banho, com cheiro de alguma flor que nunca consegui identificar — e que essa é sempre a primeira coisa da qual lembro quando penso nela? Ou devo contar que ela me ensinou a cozinhar e que isso mudou minha vida toda? Que ela me falou para eu abstrair quando eu estivesse nervoso com alguma coisa estúpida?

Tudo se resume a uma pergunta — será que acredito que vou sobreviver a isso? Se não, nada me impede de dar a versão piegas. Mas não estou nem perto de desistir. Então, tenho que seguir em frente.

Eu conheci Karen quando ainda era um homem jovem. Eu tinha ambições como todo mundo, mas elas não eram muito grandes. Eu queria trabalhar com carros. Queria viver uma vida confortável, terminar o trabalho às cinco e tomar uma cerveja às cinco e meia. Não é pedir muito, no grande esquema das coisas. Uma vida simples. A primeira vez que vi Karen, eu me arrependi de tudo isso. Desejei ser a pessoa mais interessante da cidade grande, alguém com um emprego chique e uma carteira gorda. Mas nada disso importava para ela. "Eu pensei que você iria me contar a versão não piegas, seu exibido", você diz. Eu estou chegando a um ponto importante, então pare de reclamar. Ela queria a vida simples que eu tinha. Nós éramos *felizes* juntos, o que é raro pra caramba, se você me perguntar. Karen não queria nada de mim que eu não pudesse oferecer.

Então, quando ela me atacou com uma faca de cozinha, fiquei surpreso. Eu consegui pegar sua mão um pouco antes de ela enfiar a lâmina no meu peito; eu estava tão ocupado tentando afastá-la que nem notei o cheiro de enxofre nela. Tudo o que eu conseguia ver era a gravação na lâmina da faca, perto do punho: "De: Bobby". Bem, aí está uma ironia ou o que quer que seja – ela estava a ponto de me matar com o conjunto de facas que dei para ela de Natal. Quando a joguei para longe, consegui dar uma boa olhada nela. Ela era a mesma mulher que amei por anos, mas seus olhos estavam tão pretos quanto um buraco no chão. Ela estava vestindo as mesmas roupas, os mesmos brincos, mas algo dentro dela tinha apodrecido.

A coisa que a estava possuindo não tinha nenhuma razão para vir atrás de mim. Ela fez aquilo pela diversão doentia e lunática. Como ela chegou a Sioux Falls, eu nunca vou saber. Um *pit stop* no caminho para o abismo, talvez. O que estava muito claro é que a coisa estava a fim de brincar comigo antes de me matar. Um gato com um rato. Eu gostaria de pensar que eu teria conseguido me defender sozinho, mesmo antes de saber qualquer coisa sobre o sobrenatural, mas não vou mentir para mim mesmo. Eu não tinha ideia do que estava enfrentando, nenhuma dica de como me proteger. Bem parecido com a situação na qual me encontro agora. A diferença era que tudo o que eu queria era ter Karen de volta. Porque mesmo se ela me matasse, eu iria passar a eternidade toda me arrependendo de não a ter ajudado. Minha esposa estava... quebrada e eu não podia consertá-la.

Eu me desviei da faca quando ela a arremessou, mas isso foi só o começo. Ela veio para cima de mim com um machado, achou um dos meus rifles de caças jogados por aí – ela não desistia. *Aquilo* não desistia, a coisa dentro dela. Não há porque dourar a pílula, foi o pior dia da minha vida e eu já vi dias realmente horrorosos.

Então... eu reagi. Demorei horas para aceitar isso, mas aí estava. Eu disse para mim mesmo que tinha de fazê-lo, para o bem dela. Pensei que ela devia estar doente, alguma coisa não estava certa com sua cabeça. Se eu conseguisse controlá-la, levá-la para um hospital, os médicos iam descobrir o que estava errado. Mas eu tinha que contê-la antes e eu sabia que não ia ser fácil. Eu não tinha noção.

Eu estava me escondendo no ferro-velho. O desgraçado filho da puta estava dentro da mente de Karen, ele sabia o que ela sabia, mas mesmo Karen não conhecia o ferro-velho tão bem quanto eu. Quando decidi que era hora, voltei para casa, segurando uma espingarda carregada com um tiro para passarinho (temporada de faisão). Eu me convenci de que não ia precisar usá-la, que a loucura já teria passado quando eu chegasse. Errado. Quando a encontrei na sala de estar, ela estava com a faca para açougue na mão, aquela com a gravação, e ela estava gritando como... como o inferno. Fazer aquele som deve ter arrebentado as cordas vocais dela, mas o desgraçado não estava nem aí. Eu falei para ela largar a faca ou eu ia atirar. Minhas mãos estavam tremendo tanto que mesmo uma criança de quatro anos ia perceber que eu estava blefando.

E, então, ela virou a faca em direção de si mesma. Pressionou-a contra sua pele, me disse que ia se estripar se eu desse mais um passo. Talvez você tenha uma mulher ou um marido. Imagine que eles dessem essa escolha a você. Me diga que isso não te consome, que isso não faz o mundo todo parecer... errado.

Soltei minha espingarda. Qualquer homem faria isso. Karen riu de mim. Gargalhou. A faca na sua mão pendurada baixa e mortal, pronta para atacar. Eu sabia que eu tinha que tirar a faca dela, que eu nunca teria a vantagem enquanto ela tivesse a faca. Eu deveria ter atirado quando tive a chance. Teria me poupado do que aconteceu depois.

Naquele tempo, minha casa era diferente do que é agora. Hoje em dia, é, basicamente, uma biblioteca com um quarto ou outro com uma pia ou uma banheira ou uma cama misturados com todos os livros de conhecimento, mapas, gráficos, bíblias e livros sagrados de toda igreja que já existiu. Naquela época, era um lar. A sala de estar era benfeita, com uma tinta decente nas paredes e móveis que combinavam. Tudo por causa da Karen. Havia uma cadeira com um nome francês que eu não lembro, era a favorita dela. Era grande o bastante para enroscar-se e ler um livro em um dia preguiçoso de verão. Ela ficava tão compenetrada nas histórias que o gelo derretia em seu chá antes mesmo de ela dar um gole. Eu tive que jogar a cadeira fora por causa do sangue todo.

Eu me movi o mais rápido que pude, mas ela era mais rápida, impossivelmente rápida. Minhas mãos estavam em seus braços, mas eu não conseguia segurá-la — ela brandiu a faca e dilacerou meu bíceps esquerdo. Eu ainda tenho até hoje a cicatriz onde ela cortou. Tudo o que senti foi o sangue quente correndo e empapando todo o meu lado esquerdo, jorrando em sincronia com o meu batimento cardíaco. Arterial. Mortal.

Enquanto eu estava distraído, ela me atacou de novo. Uma linha irregular entalhada no meu peito, não profunda o bastante para fazer algum dano sério, mas assustadora o bastante para me fazer cair para trás. Essa era a mulher com quem eu queria ter... essa era Karen. E, agora, meu sangue estava espirrado na cara dela, ela estava sorrindo de um jeito monstruoso, pingos vermelhos nos seus dentes branco pérola. Um tubarão, rondando.

Tive que utilizar toda a minha força para conseguir ficar de pé. E não quero dizer força física, quero dizer que estava pronto para desistir. Eu teria morrido contente, cem vezes, para não ter tido que fazer o que fiz com Karen.

Ela brandiu a faca de novo e eu botei minha mão na frente da lâmina. Minha mão esquerda, que já estava quase inútil devido à perda de sangue. Não estava dormente a ponto de eu não sentir a faca entrando na minha palma, porém. A lâmina cavou dentro da minha pele, enviou um choque para a minha espinha e fez meu corpo todo se acender com nervos que eu nem sabia que tinha, todos eles gritando de dor. Mas funcionou. A lâmina ficou presa na minha mão e ela ficou surpresa o bastante para hesitar na hora de puxá-la. Eu lutei contra a dor, puxei a lâmina da minha própria mão — estava escorregadia por causa do sangue, meu sangue, e quase tombou da minha mão boa.

E...

A primeira vez que vi Karen foi num domingo. Ela estava com um vestido de verão, todo florido e jovem, sorrindo com sua prima enquanto elas iam embora da missa. A última vez que vi Karen, ela tinha um buraco na sua barriga no lugar onde a esfaqueei. Não uma vez só. De novo e de novo, eu... eu perdi o controle. Não me assusto facilmente, mas eu estava com muito medo — claro que estava, ela foi a melhor coisa que já me aconteceu e eu a estava matando. Eu já sabia então que nunca ia conseguir me perdoar.

Mas ela não morreu logo. Ela se levantou, o sangue jorrando como se eu tivesse aberto uma torneira no peito dela e a coisa me atacou de novo. Usando seus dedos como garras em mim enquanto eu a esfaqueava de novo.

Mais alguns segundos e ela teria me matado. Para minha sorte, ela não teve mais alguns segundos. Eu tinha ouvido um estampido atrás de mim quando ela estava segurando a minha garganta, mas não prestei atenção — eu tinha problemas maiores. Quando a janela se estilhaçou, isso prendeu minha atenção. Através dela, vi um homem segurando uma arma. No meu estado, achei que ele estava lá para me prender por ter machucado minha esposa... e, então, eu olhei para ela. Olhos negros, coberta de sangue, sorrindo como uma maníaca — não era mais minha esposa. Esse foi o momento no qual percebi que a mulher com quem eu me casei já estava morta.

Um segundo depois, sal grosso a atingiu. Arremessou-a para a parede dos fundos, sangue espirrando por toda a sala em cima da sua cadeira favorita. Um vapor saiu de sua pele como se ela fosse uma frigideira quente demais para ser tocada. O homem disparou mais uma vez para garantir. Ele a encurralou perto da porta da cozinha, o sangue empapando o chão embaixo dela.

Ele retirou uma garrafa do bolso da sua jaqueta, a encharcou com ela e a pele dela tostou como se ele tivesse tacado ácido nela. Por um segundo, pensei que era isso o que ele estava fazendo. No calor do momento, quase me joguei na frente dela... como se fosse meu dever proteger o corpo morto e sobrenaturalmente possuído da minha mulher. Eu não conseguia ver direito, quanto menos pensar direito.

Enquanto Karen (a coisa dentro de Karen) chiava no canto, o homem engatinhou pela janela. Puxou-a pelos cabelos e a arrastou como uma boneca de pano para dentro da cozinha, onde ele segurou sua cabeça dentro da pia. Por todo esse tempo eu estava apenas observando tudo igual um paspalho da sala de estar, mal sentindo minhas pernas. Eu não me senti tão imóvel assim de novo até o dia em que eu acabei em uma cadeira de rodas, mas essa é outra história.

A água estava correndo, quase fervendo, enquanto o homem segurava sua cabeça debaixo da bica. Ela resistiu, mas não parecia estar muito incomodada com o afogamento em si — até que ele começou a rezar. Eu não entendi uma palavra do que ele estava dizendo naquela época — mas era, claramente, parte de um ritual religioso. Parecido com as missas em latim que eu frequentei quando era um pirralho. Sei agora que ele estava abençoando a água, tentando afogá-la em H_20 benta. O que quer que ele estivesse fazendo, fez com que ela gritasse como... a maioria das pessoas diria como uma banshee, mas agora eu sei mais. Absolutamente horrível, o som que ela fez.

Não demorou muito para a coisa dentro dela desistir e decidir se encaminhar para um lugar mais infernal. Ela se desvencilhou do homem, jogou sua cabeça para trás e urrou — arrotando uma fumaça espessa, preta e oleosa. Entendi, imediatamente, que a fumaça era a coisa que a estava possuindo e aquilo estava partindo. A fumaça zanzou pela minha cozinha com um propósito, serpenteando por mim e para fora da janela quebrada, desaparecendo na noite.

O corpo de Karen despencou no chão, morto como uma pedra. Estava frio ao toque, como se ela já estivesse morta há horas. Eu me lembro de ter botado a mão na sua barriga, sentindo o frio do sangue pegajoso em seu vestido. Não me parecia natural. Dedos tocando o buraco em farrapos onde minha faca tinha cortado o tecido. Eu queria deitar ao seu lado e morrer eu mesmo. E o teria feito, se não fosse o homem parado na minha cozinha com uma espingarda.

Eu não tive sequer um minuto para lamentar antes de ele estar me dizendo o que fazer, me dizendo como eu deveria lidar com a situação. Como poderíamos limpar a cena, garantir que não me culpassem pela sua morte. Isso era a última das minhas preocupações. Eu só... eu só queria dizer adeus a ela. Eu queria saber que diabos tinha entrado na minha casa e feito essa coisa medonha com a minha esposa. E esse desgraçado quer falar sobre *como se livrar do cadáver?* Eu gritei com ele. Disse coisas que nenhum homem são diria, porque naquele momento eu não era um homem são. E não era um maldito cadáver, era minha esposa. Aquele era o último momento que eu teria com ela e eu o passei discutindo com Rufus. Acho que ainda não tinha mencionado isso. O dia em que conheci Rufus Turner foi o dia no qual tive que matar minha mulher. Jeito nefasto de começar uma relação de trabalho, se você me perguntar o que acho.

Até hoje, não consigo me lembrar do que disse para ele. Tudo que sei é que palavras foram trocadas, curtas e raivosas, enquanto eu tentava explicar o que tinha acontecido e ele tentava me explicar o que realmente tinha acontecido. Rufus já era um caçador com vários entalhes em sua espingarda e reconhecia uma possessão quando via uma. Eu era um mecânico que só sabia falar coisas incoerentes. Esse seria um bom lugar para te contar algo sobre o Rufus, mas eu acho que isso vai ter que esperar. Até eu ter bebido mais ou chegar mais próximo de estar a sete palmos debaixo da terra. Assunto delicado.

A única coisa da qual consigo me lembrar sobre a nossa conversa é do que ele chamou aquela coisa que possuiu Karen: *demônio*.

DEMÔNIOS

HÁ UMA HISTÓRIA QUE OUVI quando criança. Sobre um garoto que vai até sua mãe toda noite e diz que tem um demônio do lado de fora da janela dele. Toda noite, ela fala para ele que não é verdade, volte para cama, tente não mijar nos lençóis. O garoto sabe que *alguma coisa* está lá fora, então ele pega uma lanterna e vai procurá-la. Garoto estúpido, na minha opinião. Sua mãe o flagra quando ele acabou de sair pela porta da frente. Fala para ele voltar para cama, sonhar com os anjos. O garotinho não quer ouvir e dez minutos depois está lá fora de novo procurando o demônio. O final feliz? Nunca ninguém mais ouviu falar do garotinho. Moral da história: ouça sua mãe. O que você acha desse conto infantil inspirador? Acho que eu tinha pais estranhos.

Demônios são o pior dos piores. E há uma boa razão para isso. Cada demônio era, originalmente, uma alma *humana* que foi enviada para o inferno pelas coisas más que eles fizeram enquanto ainda eram vivos. O inferno não é um lugar divertido e alguns dos meus amigos podem corroborar isso. Ele deforma, quebra e aperta você, transformando um carvão em diamante, mas o diamante mais feio, malvado e cruel que você já viu. Não foi uma analogia clara? Que seja. Nenhum humano merece virar isso, não importa que coisa perversa tenha feito na Terra.

A forma nativa de um demônio é fumaça preta, como aquele monstro na série *LOST*. Talvez eles tenham se utilizado do folclore sobre os demônios quando eles inventaram isso. Acontece mais do que você pensa. E caso não tenha ficado claro com a história sobre a Karen, demônios entram pela boca dos humanos quando os possuem. Como vomitar, mas ao contrário. Troço doentio. Você sente o gosto de enxofre todo dia. Certo, isso me lembra de:

Sinais demoníacos:

š **Enxofre.** Se você está investigando uma morte misteriosa ou um desaparecimento, a primeira coisa que você deve procurar é enxofre. Demônios deixam um rastro quando eles entram e saem dos corpos, nas janelas — ou em qualquer objeto físico com o qual entram em contato. Para nossa sorte, enxofre fede a bolas — muito fácil de detectar numa cena do crime.

š **Tempestades com raios.** É difícil saber se uma tempestade é um presságio demoníaco ou apenas um tempo ruim. Ambos acontecem com bastante frequência e, geralmente, vale a pena checar as áreas que tiveram relâmpagos sem chuva, olhando o jornal em busca de outras coisas suspeitas que estejam acontecendo. Como:

š **Mutilaåão do gado.** Não sei por que eles fazem esse tipo de coisas com vacas, mas todas as histórias sobre mutilações bovinas no jornal de Bumfuck, Nebraska, não são da autoria de homens verdes e pequenos, foram os demônios. Até onde eu sei, eles não ganham nada de vantajoso com isso. Não me surpreenderia se eles o fizessem para passar o tempo ou apenas para nos confundir.

O folclore sobre os demônios começou há muitooo tempo atrás. Pinturas nas cavernas de homens palitos mostram fumaça saindo da boca das pessoas... a porra do Barney Rubble* já estava desenhando demônios nas paredes da sua casa milhares de anos antes de os homens descobrirem a agricultura. Se isso não convence você do quão arraigados esses seres estão na nossa cultura, nada mais vai. Demônios são o anti-humano — eles são o que acontece quando não somos dominados pela nossa consciência, pelas leis, pela comunidade... eles são a nossa pior parte, ampliada mil vezes.

Maior marca de identificação? Olhos negros. Não apenas a íris, o negócio todo. Eles são capazes de esconder seus olhos negros e os

* Personagem de *Os Flintstones*. (N. do T.)

revelar apenas quando querem, mas há certos momentos em que eles não conseguem esconder sua cor verdadeira (ou falta de). Quando eles estão na presença de um anjo, quando eles ouvem o nome de Deus (eles *realmente* não gostam de Jeová), quando eles são molhados com água-benta... um montão de jeitos. O problema é que identificar o demônio é, geralmente, o menor dos seus problemas.

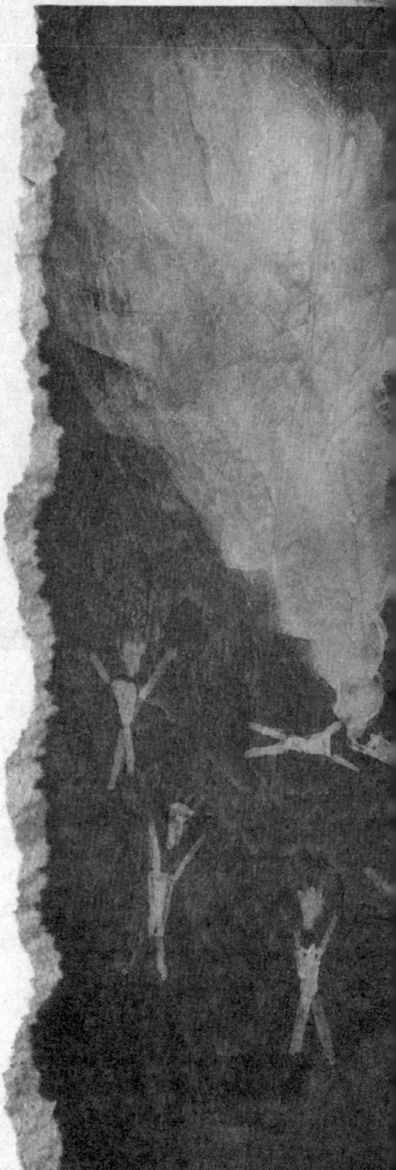

A maioria dos demônios está confinada no inferno. Há jeitos de entrar e sair, mas é complicado; o demônio comum não consegue fazê-lo sozinho. A maior parte dos demônios circulando pelo lado de cima foi liberada por um peão do inferno muito mais acima na hierarquia, alguém como o Azazel (também conhecido como demônio de olhos amarelos), Alastair ou Lilith. Uma vez que tenham saído do inferno, eles ficam vagando em forma de fumaça, procurando um invólucro de carne para possuir. Eu já até ouvi falar de um demônio possuindo um animal, mas isso é raro (também ouvi falar de um espírito animal que possuiu um humano, mas isso é uma looonga história e Sam e Dean, que presenciaram tudo, sabem contá-la melhor). Demônios não precisam de permissão para possuir alguém, mas há maneiras de evitar que isso aconteça. Primeiramente, pessoas com muita força de vontade são menos suscetíveis a eles em geral. Os demônios prosperam com a sua fraqueza, já que é disso que eles foram feitos. Um demônio não é nada mais do que uma alma humana que foi fraca demais para resistir, constantemente, ao tormento do inferno. Faz sentido que eles achem difícil possuir alguém com uma força de vontade maior. Obviamente, existem demônios por aí que vão perfurar o

caminho deles para dentro do seu crânio, não importa o quão forte você seja. A boa notícia é que existem símbolos e figuras que você pode usar para se prevenir da possessão. Aqui está um símbolo que os garotos tatuaram em seus peitos, impede quase todos os demônios de entrarem, menos os mais poderosos.

Agora, a coisa mais importante que você deve saber sobre demônios? Eles podiam muito bem ser o Exterminador. Você não pode simplesmente atirar na cabeça e esperar que eles sejam derrotados. Eles são resistentes de um jeito que quase nenhuma outra criatura é, porque a alma do demônio não está presa a um invólucro de carne como a alma humana. Se o corpo humano morre, a alma vai embora. Se um corpo no qual o demônio habita é danificado, o demônio vai segurar aquele corpo com pura força de vontade. Baleado, esfaqueado, jogado da janela, o que você puder imaginar, eles sobreviverão a isso — mas há um porém. Todos esses ferimentos estão afetando o coitado no qual o demônio está pegando carona. Foi isso que aconteceu com Karen. Se eu soubesse, minha vida teria sido muito diferente. Eu estaria... Bem. Vamos parar no diferente.

Dependendo do nível na hierarquia, demônios podem manifestar habilidades diferentes, mas a seguir estão as habilidades básicas:

š **Foråa sobre-humana.** Não importa o tamanho e a força do humano que estão possuindo, um demônio traz consigo um arsenal impressionante. Eu já recebi muita porrada de demônio e sei que sua força vem de algo sobrenatural, alguma conexão mágica com forças que não podemos ver ou compreender. Yoda encontra o Incrível Hulk.

š **Telecinese**. Isso não vem direto da fábrica para todos, é mais um *upgrade* posterior. Alguns demônios, se eles são poderosos o suficiente, podem mover coisas com suas mentes. E quando digo "coisas", significa, realmente, eu, Sam e Dean e quando digo "mover" significa "esmagar".

Tendo dito isso tudo, eles também têm vulnerabilidades até dizer chega:

š **A armadilha do diabo.** Um símbolo semelhante à tatuagem de proteção, a "armadilha do diabo" é o mais velho dos truques dos caçadores. Uma vez que o demônio entra na armadilha, ele não consegue deixar o local — ou sair do corpo que está possuindo. Muito útil quando você precisa de algumas respostas desses bastardos escorregadios. Eles só são libertados quando a armadilha é quebrada. Memorize esse símbolo. Nesse instante.

š **¿ gua-benta.** Queima-os como se fosse fogo e, como Rufus me ensinou, pode até mesmo exorcizar o demônio do corpo. Não é muito difícil encontrá-la na maior parte das cidades, aliás. Contate o padre local, veja se ele está disposto a abençoar alguns galões de água, guarde-os no seu porta-malas. Vai salvar sua pele um dia, isso eu garanto. Se o padre não quiser cooperar, deixo para você decidir se roubar água-benta de

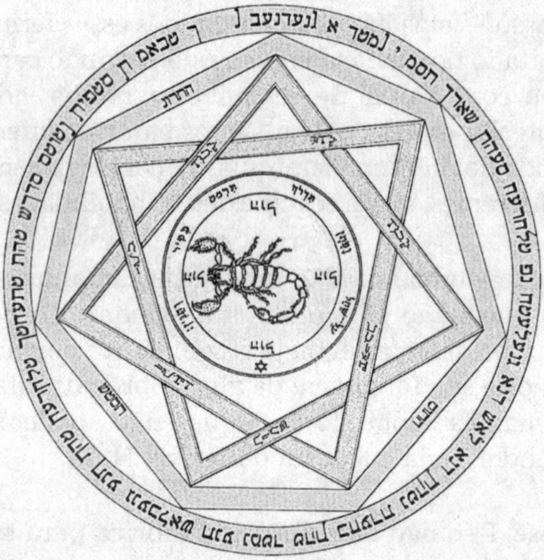

uma igreja faz bem para o carma, levando em conta que vai ser utilizada para abater criaturas do inferno.

š **Ferro.** Demônios não conseguem cruzar uma linha de ferro e o ferro os queima quase com a mesma intensidade que a água-benta. Samuel Colt notoriamente construiu uma armadilha do demônio com trilhos de trem velhos em Wyoming, com uma igreja em cada ponta do pentagrama. Quase impenetrável para demônios e por uma boa razão — no centro da armadilha do demônio está o portão do inferno. O único jeito de abrir o portão é com a Colt, e já que estamos falando nela:

š **A Colt.** É uma arma que pode matar tudo. Uma bala, uma criatura morta. Com exceção, é claro, das exceções que provam a regra. Sam e Dean tentaram atirar em Lúcifer, não fez nem cosquinhas. Ele disse que era "uma das cinco coisas que a arma não pode matar", o que provavelmente significa que os outros três arcanjos (Gabriel, Rafael e Miguel) e Deus completam essa lista. Ou, talvez, ele estivesse mentido. Ele é o Satanás, afinal. Não dá para confiar nele nem para dizer a hora certa. De qualquer maneira, qualquer demônio comum vai estourar feito uma lâmpada se eles forem atingidos com uma bala da Colt. É claro que isso significa que o hospedeiro humano vai morrer, mas há ocasiões nas quais essa é a única opção. Samuel Colt construiu a arma em 1835, baseando-se no *design* de seu revólver Colt. Eu não tenho ideia de que tipo de magia ele teve que usar para dar à arma seu poder de matar tudo. A inscrição na lateral da arma é em latim, *non timebo mala.* "Não temerei o mal". Sinto dizer que a Colt é a única de seu tipo. A última vez que foi vista foi em Carthage, Missouri, mas eu não perderia tempo procurando por ela... seu último dono era ninguém menos que o próprio Diabo.

š **Exorcismo.** Isso é muito importante. Demônios estão presos aos seus hospedeiros de forma tênue, e com o latim certo, você pode quebrar essa conexão. Mandá-los de volta para o inferno. Se tudo der certo, você consegue prender o demônio e falar o encantamento antes que o corpo do hospedeiro seja danificado. O texto inteiro é comprido — tão comprido que você provavelmente vai morrer de tédio antes de exterminar o demônio. Felizmente, existem algumas frases potentes que parecem dar para o gasto sem todo o excesso — os créditos da versão resumida vão para Dean:

Exorcizamus te, omnis immundus spiritus. Omnis Satanica potestas, omnis incursio infernalis adversii. Omnis congregatio et secta diabolica, ergo, draco maledicte ecclesiam tuam. Secura tibi facias libertate servire, te rogamus, audi nos.

Se isso não funcionar, corra.

š **Sal.** Como o ferro, sal deixa os demônios maluquinhos. Eles não conseguem atravessar uma linha dessa coisa, o que é mais importante do que você pensa. De todas essas bostas, sal é a coisa com a maior probabilidade de ser encontrada na casa/escritório/barco-cassino infestado de demônios (ei, aconteceu uma vez). Trace uma linha em sua volta ou em volta de qualquer espectador que você esteja tentando proteger, o demônio não consegue chegar neles. É claro que isso não vai impedir o demônio de tacar um piano em alguém dentro de uma barreira de sal, ou, você sabe, de atirar neles, mas é um começo.

Outra ferramenta de trabalho – munição de sal grosso para espingardas. São apenas cápsulas normais nas quais trocamos a pólvora pelo sal. Dá pro gasto.

š ***Palo santo.*** Holy Wood. Não ria, isso é sério. *Bursura graveolens* é o nome em latim. É um tipo especial de madeira que, se afiada propriamente, pode ser usada como uma estaca para prender um demônio. Isso não vai matá-los, mas com certeza vai irritá-los. Não é comum nos Estados Unidos, então você terá que percorrer um longo caminho para achar alguma. Se você, por acaso, estiver na América do Sul, fique de olho aberto. Também tome cuidado com uma mulher chamada Lucinda de Los Diablos, uma moça que é dona de ah... uma casa de massagem em Lima. Tenho certeza de que esse não é seu nome verdadeiro, mas definitivamente combina com sua personalidade.

š **A faca da Ruby.** Bem, essa é uma droga de uma longa história e acho que não vai adiantar para ninguém repetir a coisa toda, então aqui vai a versão resumida – Sam Winchester é um idiota. Ok, eu retiro o que disse. Ele pode ser o cara mais esperto que conheço, é só que... sua escolha de mulheres deixa algo a desejar. Ele tem coração demais para seu próprio bem. Havia um demônio chamado Ruby a quem Sam se apegou quando ela prometeu ajudá-lo a impedir que Dean fosse enviado para o inferno. "Mas ela era um demônio!", você está dizendo. Pois é, eu estava dizendo a mesma coisa. Sam confiou nela e por uma grande razão – ela tinha tanta probabilidade de destruir um demônio quanto Sam e Dean. Acontece que havia uma luta interna no inferno e, por muito tempo, pareceu que Ruby estava no nosso time. Ela carregava uma faca especial, que tinha o mesmo efeito que a Colt em demônios. Um golpe fatal com a faca matava o demônio – não o mandava de volta para o inferno – matava-o. Fim da história. Dean conseguiu ver através das suas artimanhas demoníacas e usou a faca em sua dona, matando Ruby, quando foi estabelecido que ela estava (é claro) manipulando Sam. Hoje em dia, Sam, geralmente, carrega a faca, mas ele e Dean a passam de mão em mão conforme o necessário. Recentemente, eu descobri que Samuel Colt pode ser responsável pela construção da faca – me pergunto quantas outras armas mata-monstros feitas por suas mãos estão por aí. Se eu morrer, é melhor que alguém dê uma olhada entre minhas porcarias para encontrar o diário de Colt, e, então, lê-lo de cabo a rabo.

š **A palavra de Deus.** Demônios não gostam de Deus, nem um pouco. Eu sei, muito surpreendente. Qualquer um de Seus nomes faz com que o demônio recue e, involuntariamente, revele seus olhos negros. É doloroso para eles, mas nada como ferro, sal ou qualquer uma das outras coisas. Não vai fazer com que eles saiam correndo, mas vai tirá-los da sua cola por um tempo.

š **Sacos de feitiåo.** De forma geral, a ferramenta de uma bruxa ou um bruxo, sacos de feitiço podem ser usados para proteger uma pessoa do radar do demônio. Demônios usam feitiços de localização para encontrar as pessoas que estão perseguindo, e, na maioria das vezes, eles estão atrás de caçadores, então essa é uma informação importante. Essa é a receita:

Dois ossos de pé de galinha.
Um ovo intacto de aranha.
Lavanda e cßnhamo (Cannabis sativa — *e nenhuma gracinha, pessoal) em proporções iguais. Não importa a quantidade, contanto que seja igual.*
Alguma coisa a ver com goofer dust.* *Certo? Não. Goofer dust serve para espantar cães do inferno, e também é usado para... eu não consigo me lembrar. Droga. Acho que você vai ter que achar alguém com o cérebro funcionando para conseguir o resto da receita.*

Sacos de feitiço podem ser usados para propósitos mais ofensivos também, mas eu não vou me aprofundar nisso. Esse tipo de magia é negra e vai consumir sua alma se você mergulhar muito fundo nisso. Se há uma coisa que aprendi sobre

* Prática tradicional dos afro-americanos do sul dos EUA. (N. do T.)

magia em geral é que ela vem com um preço — uma consequência para cada ação mágica que você faz. Você faz bem em ficar do lado bom da linha ou você vai acabar como as coisas que você está caçando. Falando nisso, chego ao último ponto fraco dos demônios:

š **Sam Winchester**. A arma mais poderosa que já vi para ser usada contra um demônio? Sam Winchester. Que isso sirva de lição. Sam tem habilidades inacreditáveis, mas elas são como um motor de carro — precisam de muito combustível. O combustível que alimentava esse motor? Sangue de demônio. Bebê-lo deu a ele poderes sobre os demônios, permitindo que ele os arremessse como, geralmente, eles *nos* arremessam, mas ele podia fazer muito mais que isso — ele podia sugar a vida de um demônio só de olhar para ele. Mas como eu disse, tinha um preço. Você não consegue beber aquele tipo de sangue de demônio sem se tornar um pouco demoníaco você mesmo. Sam está limpo agora, mas ele teve que ir ao inferno para conseguir isso — duas vezes. Confie em mim, você não quer passar pela desintoxicação de demônio. E não pense que você pode ir beber um pouquinho de sangue demoníaco você mesmo para ganhar os mesmos poderes, não funciona desse jeito. Pelo menos, eu acho que não. Nunca fui burro o bastante para tentar.

Tudo isso se aplica ao seu demônio de cada dia, mas isso não é tudo que há. Existem tipos que são bem, bem piores. Taxonomicamente, a maneira mais fácil de saber a diferença é pela cor dos olhos. Os de olhos negros são os mais comuns. E, além deles:

š **Olhos vermelhos**. Quase todo mundo chama esses de demônios da encruzilhada, por causa de seu perfil. Eles são invocados por humanos em encruzilhadas para servir de gênios, basicamente. Você faz um pedido, eles o realizam, mas o preço é alto. A maior parte dos tratos dura por dez anos e, então, no final desse período, eles vêm coletar o que você deve a eles: sua alma. Bem, eu não posso falar que apenas idiotas fariam um trato desses, pois eu já fiz um. Havia circunstâncias extenuantes, veja bem. E eu consegui rescindir o contrato, então nenhum mal feito, mas não é tão simples assim. Nessa linha de trabalho, você se vê em situações que não têm saídas óbvias e você será tentado — especialmente porque os demônios das encruzilhadas têm poder além do que você pensa ser possível. Todas aquelas coisas que o gênio do Aladdin não podia fazer, como ressuscitar pessoas e fazer com que alguém se apaixone por você, o pacote todo, eles conseguem fazer.

Um desgraçado presunçoso irlandês chamado Crowley é o rei dos demônios da encruzilhada e ele vai te lembrar disso toda vez que você encontrá-lo.

š **Olhos laranjas**. Nunca encontrei um pessoalmente, mas ouvi histórias sobre um demônio de olhos laranjas que causou um caos infernal nos anos 70. Sua tara era possuir o corpo de mulheres recém-casadas e assassinar seus maridos. Alguns dos caras que sobreviveram relataram que os olhos de suas inocentes noivas brilharam laranja e elas o atacaram no estilo "Psicose". Bastante parecido com o caso de Karen, mas eu sei com certeza que aquele demônio tinha olhos negros. Mesmo no meu estado atual, com as memórias pingando do meu crânio, eu nunca conseguiria esquecer essa visão.

š **Olhos azuis**. Um demônio chamado Samhain tem olhos azuis e é o único desse tipo que eu conheço. A ressurreição de Samhain quebrou um dos 66 selos — os selos que mantinham Lúcifer acorrentado em sua gaiola, por isso deve ser bastante óbvio que Samhain não era um ser agradável de se estar ao redor. Se você é um presságio da chegada iminente de Satanás, você é má notícia, ponto final. Sam e Dean derrotaram Samhain, mas não antes de testemunharem suas habilidades de invocar mortos-vivos (zumbis, mais ou menos) e desencadear uma explosão de energia branca. Felizmente, Sam estava cheio de sangue demoníaco naquele momento, então ele foi capaz de resistir aos efeitos dessa energia. Suas habilidades eram muito semelhantes às dos...

š **Olhos brancos**. Lilith e Alastair sendo os exemplos principais. Alastair era o interrogador-chefe do inferno e, com isso, quero dizer torturador. Quando Dean Winchester desceu ao inferno, foi Alastair que o torturou todo dia. Lilith era, bem, a noiva demoníaca de Satanás, se isso serve para formar uma imagem na sua cabeça. Era ela que estava orquestrando a libertação de Lúcifer de sua prisão. Ah, e ela comia bebês. Sem brincadeira. Os dois idiotas estão mortos agora, se isso serve de consolo. Eles eram bem mais poderosos que qualquer demônio de olhos negros com quem já esbarrei e eles tinham habilidades especiais, como a explosão de energia branca de Samhain. Os dois, Lilith e Alastair, eram imunes à armadilha do diabo, a faca da Ruby, ferro e todas essas coisas. Ambos eram resistentes ao poder psíquico de Sam, pelo menos, até ele exagerar e beber alguns litros de sangue de demônio. E, então, ele os estraçalhou como lâmpadas no concreto. Se você encontrar um demônio de olhos brancos, você tem duas opções: ou chama Sam Winchester ou corre como o inferno. *Não* tente atacá-lo sozinho, *não* tente exorcizá-lo, isso só vai deixá-lo puto. Lilith foi o primeiro demônio a ser criado (por Lúcifer, o próprio) e, portanto, era extremamente poderosa. O folclore diz que existem, pelo menos, mais dois demônios de olhos brancos por aí, mas pode ser que eles estejam presos no inferno no momento. Eu espero que estejam, pelo bem da humanidade.

š **Olhos amarelos.** Guardei o pior para o último lugar. Um demônio de olhos amarelos, chamado Azazel, pôs em marcha um monte de coisas para mim, Sam e Dean; para o mundo todo, realmente. Ele era parte do plano de tirar Lúcifer de sua gaiola e seu trabalho era ter certeza de que Sam estaria no lugar certo para quebrar o último selo (matando Lilith). Ele fez pactos demoníacos com mulheres desesperadas — deu a elas o que quer que elas desejassem em troca do direito de, dez anos depois, vir a suas casas e dar seu sangue para seus filhos bebês. Sam Winchester foi uma dessas crianças. Porém, Azazel fez mais do que apenas dar sangue de demônio para Sam — ele matou Mary Winchester e colocou John no caminho de se tornar caçador. As outras crianças que Azazel visitou desenvolveram habilidades especiais e, eventualmente, foram postos umas contra as outras em uma luta até a morte. Resumindo, Dean vingou a morte da mãe, colocando uma bala bem na cabeça de Azazel. Para sorte nossa, Azazel é o único demônio de olhos amarelos mencionado nos livros.

Um último detalhe do folclore sobre demônios — o vírus Croatoan. Você já ouviu falar de Roanoke, certo, uma das primeiras colônias europeias nas Américas? Todo mundo na vila desapareceu misteriosamente, deixando apenas a palavra "Croatoan" entalhada em uma árvore. O vírus demoníaco foi responsável por esses desaparecimentos — ou "guerra tóxica demoníaca", como Sam gosta de dizer. Basicamente, é uma praga monstruosa. Transforma pessoas em zumbis demoníacos, famintos por violência. Espalha-se através do contato sanguíneo, o que é inevitável, quando se tratam de demônios Croatoan que adoram morder. A boa notícia é que eles são mais fáceis de matar do que um demônio comum, embora isso não seja grande consolação para a pessoa que foi infectada. Um tiro na cabeça deve resolver o assunto, mas eu atiraria duas vezes para ter certeza. Parte do plano de Lúcifer para livrar a Terra da raça humana era liberar o vírus Croatoan através da vacina da gripe suína – felizmente, nós ficamos sabendo do plano e conseguimos impedi-lo antes que ele causasse maiores estragos, mas, cara, poderia ter sido ruim. Ruim no nível fim dos dias. Porque aqui está o principal – pode ser que existam milhões de demônios por aí... mas a maioria deles está bem presa no inferno e aquelas paredes são bem seguras. Apenas uma pequena porcentagem vem caminhar sobre a Terra. Mas com o Croatoan é criado um exército demoníaco em potencial, composto por centenas de milhões. Em vez de deixar a alma assando no inferno por uns séculos, antes que ela se torne um demônio, você só precisa ser exposto ao vírus e acabou. Demônio. E não tem cura, nenhum jeito de voltar atrás. A parte mais assustadora... Eu não sei o que acontece com a alma humana que está dentro quando ela é exposta ao Croatoan. Há uma chance, e essa é apenas uma teoria minha, que o Croatoan seja o equivalente a um veneno para a alma. Apodrece você por dentro. Você pode ser o cara mais religioso, temente a Deus, e um pingo de sangue infectado condena você a uma eternidade no inferno. Me diga que isso não é mais assustador que... quase tudo.

Eu preciso de mais *um drinque.*

Tenho certeza de que estou me esquecendo de algo... vamos esperar que não seja a parte que vai salvar sua pele se você estiver numa situação dessas. Eu deveria me concentrar no problema presente. Memória. Demônios têm um motivo, com certeza – eles agarrariam qualquer chance de brincar com um caçador – mas eles têm os meios? Alastair, Lilith, Azazel, Crowley, todos eles demonstraram que têm o poder de fazer coisas que vão muito além do demônio comum, mas será que eles realmente conseguiriam botar uma torneira no meu cérebro e sugar o conteúdo? Eu tenho olhado minhas fontes enquanto eu escrevo isso e nada indica que eles tenham esse tipo de poder.

Mas isso não responde à questão maior – por que diabos o nome "Karen" está arranhado no para-brisa do meu Chevelle? Qual poderia ser a conexão? Seria o demônio que Rufus arrancou de Karen, voltando para uma segunda rodada? Não há como saber, não sem outras provas.

Você deve entender agora por que demônios são a ameaça número um para a humanidade, mas eu tenho a ligeira sensação de que estou olhando na direção errada dessa vez. Que eu não deveria estar olhando para baixo... eu deveria estar olhando para *cima*.

ANJOS

ATÉ SETEMBRO DE 2008, eu teria dito que anjos são um mito. Demônios eram reais, monstros eram reais, fantasmas eram reais, o inferno era real, mas a única coisa que lutava no lado do bem era o homem. É um jeito meio deprimente de ver o mundo, mas era o que mostrava a evidência. Mas, de certo modo, era reconfortante — não havia nada lá fora que iria nos salvar e isso fazia com que fôssemos importantes. Dava-nos um propósito, atiçava nosso instinto de sobrevivência — é a razão por existirem caçadores. Se existissem anjos garantindo que as coisas fossem justas e equilibradas, nós poderíamos passar o dia inteiro na borda da piscina bebendo drinques com guarda-chuvas e admirando a paisagem.

Existem anjos, mas eu não estou no Cabo me bronzeando, então, como você alinha esses dois fatos?

Anjos são uns babacas.

⟵ É, até o He-Man aí do lado.

No grande esquema das coisas, todo mundo só cuida de si próprio e você nunca vai aprender algo mais verdadeiro que isso. As ações de todos são permeadas por seus próprios interesses, até as dos anjos. Eles podem ter sido criados para servir ao homem e a Deus, mas desde que Deus desapareceu... eles têm seguido a lei divina ao pé da letra, sem levar em conta a intenção por trás. Eles foram criados antes de nós, mas não ganharam livre-arbítrio. Que saco para eles. Desde então, um segmento celeste está em pé de guerra, determinado a nos apagar da face do planeta, para que eles possam vir e aproveitar o paraíso que Deus criou para nós. Alguns de nós, macacos falantes, resolvemos resistir (com a ajuda de um anjo chamado Castiel, que se virou contra seus irmãos) e nós (pelo menos por enquanto) impedimos a grande purgação planetária de 2010 de ir para frente. Então, os humanos *continuam* sendo a única força no universo que defende os humanos, mas isso é, provavelmente, como as coisas devem ser.

Por que eu estou mencionando esses desgraçados alados? Porque eles são as coisas mais poderosas por aí e é um fato que eles podem mexer com a memória de um homem. Um anjo chamado Zacarias fez Sam e Dean pensarem que eles eram peões em uma grande firma de arquitetura por uma semana. Castiel apagou todas as memórias de Lisa e Ben Braeden sobre Dean — isso foi um pedido de Dean quando ele percebeu que conhecê-lo só iria fazer eles se machucarem, ou pior. Então, eu sei que eles têm o *hardware* para borrar memórias, mas eu não consigo imaginar por que eu seria um alvo. O Apocalipse foi cancelado. Essa guerra acabou.

A não ser que — talvez, eu tenha descoberto algo que não deveria saber. Talvez, entre Ashland e aqui, eu vi algo, li algo, deduzi algo que virou tudo de cabeça para baixo e agora eles estão limpando a bagunça? Não — se uma coisa pode ser dita sobre anjos é que eles são *organizados*. Minha mente, no momento, é o oposto. Quando eles interferiram nas memórias de Sam e Dean, eles fizeram um trabalho perfeito, fizeram eles realmente acreditarem que não eram irmãos, que eles tinham uma vida completamente diferente da que de fato tinham. Se um anjo estivesse por trás disso... Eu tenho que acreditar que eles teriam feito um trabalho melhor, deixado meu cérebro em melhores condições. Deixado menos buracos.

Mas é uma ideia interessante, não é? Que eu vi algo que não deveria ter visto e alguém está garantindo que eu não me lembre de nada?

Só para constar, tentei entrar em contato com o único anjo com quem ainda falo, Castiel, e não tive resposta nenhuma. Ele está muito ocupado lutando em uma guerra no céu, então... acho que, em comparação, meu problema é insignificante.

Faz quase quarenta horas desde que dormi pela última vez. Eu deveria fechar meus olhos um pouco, ver se isso não elucida alguma coisa. Eu voltarei para isso quando conseguir ver direito.

* * *

Não. Dormir não vai acontecer. São quase três da manhã e eu estou aceso. Eu voltei para o ferro-velho, vasculhei o carro em busca de mais provas. Achei alguns recibos no porta-luvas (um cara tem que registrar suas despesas de negócio), todos eles de Ashland, todos antes de eu ter ido ao pântano. Ou não parei para comprar comida no meu caminho de volta para Dakota do Sul ou eu estava tão transtornado que não me importei em diminuir a quantidade de imposto que teria que pagar — e eu teria que estar muito transtornado para isso. Além do mais, alguns recibos eram para três refeições, o que significa que... Sam e Dean estavam lá, talvez o tempo inteiro. Por que é que consigo visualizar algumas partes tão claramente, mas não consigo lembrar de quem estava comigo? Quer dizer, eu estava lá também... Espere. Por que eu fui para Ashland?

Acabei de reler o que escrevi sobre a banshee, a maior parte já não me diz mais nada. Mais coisas estão vazando. Saco.

Tenho que acabar com isso, de forma rápida e suja. Botar tudo que sei para fora antes que eu não o saiba mais.

Anjos.

Eles não são do tipo "asas fofas e harpas" que você vê nos cartões de natal. Anjos são guerreiros divinos, soldados de Deus — Seu próprio exército celeste. Pense no Mossad, mas com um senso de humor pior. Ou como o Serviço Secreto de Deus, com direito a ternos. Seu poder não pode ser exagerado. Eles têm asas, mas elas não são visíveis para humanos — quando eles estão na Terra, eles usam receptáculos humanos para circular, como os demônios. Na maior parte do tempo, eles têm a aparência de um babaca que veste sobretudos.

Suas habilidades:

š **Foråa fìsica inimaginÞvel**. Eles sabem levar porrada e continuar batendo. Apenas os demônios de nível mais alto têm qualquer chance contra um anjo numa luta física. Nenhum humano sequer ousa tentar. Balas, armadilha do diabo, ferro, sal... nada disso vai sequer bagunçar seus sobretudos. Eu tentei todos os símbolos de proteção que eu conhecia e nenhum impediu Cass de passar pela porta quando eu e Dean o conhecemos.

š **Fulminaåão**. Anjos podem matar você com um toque de seus dedos — e alguns deles sequer precisam tocar. Funciona com humanos, demônios, monstros, que seja. Se está vivo em qualquer sentido da palavra, você pode ter certeza de que um anjo pode matá-lo. Zacarias deu a Sam câncer no estômago com um estalar de dedos. Levou seus pulmões embora com outro estalo. Você não luta contra anjos. Você acha alguma maneira de ter influência sobre eles ou você é morto por eles. Mesmo sua aparência é mortal. Quando Pamela Barnes usou uma sessão espírita para ver a forma real de Castiel, isso queimou os olhos até as cinzas. Quando Cass falou com Dean usando sua voz verdadeira, ele estilhaçou os vidros e quase estourou o tímpano de Dean.

š **Teletransporte**. Como eu já disse, eles não estão voando por aí com asas de anjo. Quando anjos querem ir a algum lugar, eles simplesmente vão, aparecendo instantaneamente do éter. Isso pode ser útil ou extremamente irritante, já que eles podem aparecer imediatamente quando são chamados, mas eles, também, podem desaparecer sem nem acenar. E tente lutar com algo que pode aparecer atrás de você no exato momento em que você o está atacando com sua lâmina.

š **Telecinese**. Assim como os demônios de níveis altos, anjos podem manipular as coisas em sua volta com a mente. Arremessar pessoas na parede, mandar rajadas de energia psíquica, levitar carros e quebrá-los na metade... seria muito impressionante se eles estivessem do nosso lado. Já que a maioria não está, é só assustador.

š **Viagem no tempo**. Uma das muitas formas através das quais os anjos sacaneiam a civilização humana: bagunçando a nossa história. Anjos têm o poder de voltar no tempo e mudar as coisas, embora eles digam que a história já esteja escrita e que todos temos um destino e blá-blá-blá, que seja. O mesmo anjo que disse para Dean que ele não podia voltar no tempo para impedir a morte da mãe, mandou um outro anjo de volta no tempo para evitar o naufrágio do Titanic. Algumas coisas sempre serão as mesmas (o céu sempre vai ser azul, bife sempre vai ser delicioso), mas algumas coisas estão aí para serem pegas. Pequenas coisas como quem está vivo e quem nunca existiu. Quem vive feliz para sempre e quem acaba sozinho com uma garrafa de uísque em frente a uma porcaria de Wang PC, digitando a soma total de suas experiências de vida na esperança de que alguém vá lê-las... deixa para lá. Anjos podem viajar no tempo. Isso é tudo o que você realmente precisa saber.

š **Onisciência**. Não sei como eles fazem isso, mas anjos têm um modo de monitorar um monte de coisas simultaneamente. Como, por exemplo, todas as atividades em uma cidade inteira, nos mínimos detalhes. Existem limites, é claro, eles não podem estar em todos os lugares ao mesmo tempo, mas é, francamente, assustador o quão consciente eles estão às vezes. Não pense que você pode chatear um anjo e se safar dessa.

š **Visita aos sonhos.** Imagine que você tenha arranjado um jeito de se esconder de um anjo (eu chegarei a isso daqui a pouco) — mas o anjo ainda quer dar uma palavrinha com você. É bem provável que ele, simplesmente, apareça nos seus sonhos e assuste você logo quando você estiver prestes a ficar confortável com a Tori Spelling.

š **Poderes de cura**. Eu tenho que dizer que desse item eu gosto. Os anjos têm o poder de levantar os mortos e curar qualquer ferimento, embora isso exija muita energia celestial. Foi assim que Castiel trouxe Dean de volta do inferno... e como Cass me ressuscitou depois que Lúcifer torceu meu pescoço. Não espere que eles sejam tão benevolentes com você. A maior parte dos anjos preferiria explodir seu corpo para fora da existência antes de ajudá-lo.

š **Tolerßncia á bebida**. Cass consegue beber muito. Já disse o bastante.

š **Alteraåão de mem÷ria**. Como eu já disse. Baseado no folclore que já vi, anjos são as únicas criaturas que conseguem mexer com a memória de um homem. Obviamente que tenho centenas de livros que eu nunca nem abri, particularmente desde que herdei a biblioteca de caça da família Campbell há uns meses atrás. Porém, uma coisa me chamou atenção — se um anjo estivesse realmente determinado a vetar partes da minha memória, eu acho que ele teria apagado minhas memórias de anjos bagunçando as memórias de pessoas, também. Você sabe... para que eu nem sequer suspeitasse deles. Hm.

Uma coisa importante para lembrar sobre anjos — o poder deles não vem de dentro, ele... como explicar isso? Um anjo no vácuo não é mais poderoso que um humano. Sua, uh, *potência*... vem quando eles têm o poder pleno do céu como suporte. Veja bem, anjos são... uma espécie de *canal* da energia divina. Um anjo é como uma mangueira para apagar incêndios. Se a torneira está desligada e nenhuma água está correndo, eles não conseguem fazer nada. Mas uma vez que a válvula esteja aberta e a água esteja correndo... você entende? E o céu, nessa analogia, é a grande torre de água do céu, cheia de energia. Esse poder vem de almas — almas humanas que eles utilizam como pequenos reatores nucleares para iluminar o céu e travar a sua guerra permanente contra o inferno. Espere. Acho que essa metáfora era sobre água e não eletricidade. Que seja. Quanto mais almas estiverem no céu, mais poder eles têm. E é isso que os faz bem míopes em seus planos apocalípticos — como é que eles vão repor sua fonte de energia se eles matarem todos os moradores aqui de baixo? Idiotas.

Falando nisso... por dois mil anos eles nos deixaram à nossa própria sorte. Então, esses sons do apocalipse começaram e eles vieram de volta para a Terra para acelerar as coisas. Eles queriam o apocalipse para que pudessem ter uma batalha final com Lúcifer e tomar a terra para si. Um deles em particular estava querendo garantir a luta por esse prêmio — Miguel.

Miguel é um arcanjo, a camada superior e mais poderosa. Existiam quatro arcanjos — Miguel, Lúcifer, Rafael e Gabriel. Agora, Miguel e Lúcifer estão presos juntos numa gaiola no inferno, Gabriel está morto e Rafael... ele (bem, acho que é ela, agora — depois de trocar de corpo), *ela* está lutando em uma guerra civil para ganhar o controle do céu. Coisa pesada.

Arcanjos são bem mais poderosos que os anjos de baixo escalão e eles têm deveres específicos, como proteger profetas do Sr. do mal. Até onde eu sei, os poderes de um arcanjo se equiparam aos de Deus – quase ilimitados. Isso não quer dizer que eles são invencíveis. Gabriel foi morto por Lúcifer, então isso não conta muito, mas eles são seres mortais. Apenas, você sabe, mortais que estão vivos há eras e que canalizam a energia do próprio Deus.

Há também outras camadas de anjos, como os querubins – é isso que é o Cupido. Eles têm a tarefa de cumprir a vontade divina através das conexões amorosas que eles orquestram na Terra. Mantenha isso em mente da próxima vez que você vir alguém atraente no bar – um querubim pode estar brincando com você. John e Mary Winchester foram, de acordo com o Cupido, um casal arranjado. Tudo parte do plano celestial, cumprindo o seu destino, blá-blá-blá. Dois lados da mesma moeda – a família de caçadores e a Espada de Miguel, combinados para criar dois irmãos que pudessem cumprir a merda de sua profecia. Luz e escuridão, *yin* e *yang*, Dean e Sam. Se eu aprendi uma coisa em minha experiência com os anjos, é que não existe essa coisa chamada destino. Apenas escolhas que podem ser empurradas para cima de você, ou as que você faz sozinho.

Saiba disso – se você escolhe desafiar um anjo, se prepare para a luta da sua vida. Mantenha todas estas coisas a seguir em mente, elas podem impedir você de tomar a surra da sua vida.

š **Permissão**. Isso é o calcanhar de Aquiles deles. Diferentemente de demônios, anjos precisam da autorização do hospedeiro para tomar controle. Parece uma coisa pequena, mas faz toda diferença do mundo. Eles não podem pular de corpo em corpo por bem ou por mal, e sua lista de receptáculos não é ilimitada. Há uma linha de sangue de receptáculos de anjos, que descendem sabe-se lá do quê, e se esses receptáculos dizem não, os anjos ficam flutuando igual um pum no vento. Alguns anjos precisam de receptáculos mais poderosos, como os arcanjos. Não é qualquer humano que é resistente o bastante para conter Lúcifer ou Miguel e é aí que Sam e Dean entram no plano. Supostamente, eles seriam os hospedeiros de Lúcifer (Sam) e Miguel (Dean) em sua batalha final, aquela que destruiria metade da Terra. Mas eles não contaram com a possibilidade de Sam e Dean terem a coragem de dizer não. E esse pode ser o seu defeito fatal – anjos acreditam que os humanos vão seguir os seus planos, mas humanos têm uma coisa que falta aos anjos... livre-arbítrio.

š **Lßminas angelicais**. Uma arma que todos os anjos carregam, uma lâmina angelical é mais curta que uma espada, mas mais longa que uma adaga. Elas são eficazes contra quase tudo, incluindo os próprios anjos. É preciso um golpe direto para ser fatal, mas pode ser feito. O problema é que não é fácil consegui-las. Vendedores do mercado negro de armas místicas estão por aí, mas nenhum deles têm lâminas angelicais. A não ser que você esbarre num anjo morto, é bem provável que você nunca encontre uma dessas, exceto se você se encontrar no final pontudo de uma.

š **Enoquiano**. Magia negra normal não afeta os anjos, então você vai ter que cavar mais fundo. E, pelo visto, você só tem que estar falando na língua certa. Enoquiano é a língua nativa falada e escrita dos anjos e tem sua própria simbologia e fonética que pode ser utilizada em um bando de feitiços, como:

š **Sigilo de banimento**. Aprendi esse com Castiel, é um pouco complicado, uma vez que tem que ser escrito com *sangue,* mas isso é que é a magia. Depois de ter traçado a forma básica do símbolo, você bota sua mão ensanguentada bem no centro para completar o ritual de banimento. Qualquer anjo (isso funciona com todos eles, de querubins a arcanjos) na área vai ser explodido para o fuso horário seguinte (ou outra dimensão, eu não sei. Eles não estão mais no recinto e isso basta para mim). É interessante notar que isso funciona tanto com sangue humano quanto com sangue angelical. Provavelmente, funciona com sangue de demônio também. Talvez valha a pena experimentar, ver qual tipo é o mais eficaz.

š **Selos enoquianos**. Eu não posso reproduzir esse, por razões óbvias, mas Castiel fez uma inscrição enoquiana em Sam e Dean — ele a talhou em suas costelas. A menos que você tenha uma alta tolerância à dor e um cinzel muito pequeno, é melhor passar para próxima.

š **Canto do tormento**. Uma frase do enoquiano que vai fazer as entranhas de um anjo se contorcerem de dor. Útil por um breve segundo, mas não vai durar. E, acredite em mim, se você usar isso, eles vão ficar putos e você, provavelmente, vai se encontrar em uma situação pior do que se tivesse simplesmente corrido. Se você tivesse tentado correr, eles talvez teriam tido pena de você por ser tão patético. Mesmo assim, a frase é curta e pode ajudar você em um aperto. Em enoquiano:

Pizin Noco Iad.

Um aviso para os sábios, porém — enoquiano não se pronuncia como latim. Ache um guia para iniciantes em uma loja de ocultismo. Cada letra é pronunciada como uma sílaba única, então demora mais tempo do que você esperaria.

š **Exorcismo de anjo.** Retiro o que disse, esta aqui é em latim. Dá para o gasto. Essa invocação vai tirar o anjo de seu hospedeiro (temporariamente) e mandá-lo de volta para o céu. Mais uma vez, o feitiço não está nem tentando matá-los, então eles vão voltar mais putos do que nunca. Mas se você estiver prestes a ser fulminado, então é melhor que nada. Em latim:

Omnipotentis Dei potestatem invoco...
omnipotentis Dei potestatem invoco...
omnipotentis Dei potestatem invoco...
Domine in caelo.

š **Invocaåão.** Eu tenho apenas a metade do quebra-cabeça para essa. Anjos podem ser convocados por meio de oração

("Querido Cass, que está no céu, você poderia arrastar sua bunda para cá por um minuto e ajudar um amigo? Não? Foi isso que eu imaginei"), mas isso raramente funciona. Aparentemente, eles têm coisas mais importantes para fazer no céu do que ouvir humanos reclamarem sobre seus problemas. Se você quer uma audiência com um anjo, você tem que ter algo que eles queiram, caso contrário fique preparado para esperar muito tempo de joelhos. Há outro jeito, mas é complicado. É preciso um sigilo enoquiano e uma tigela de ervas, a qual você vai, então, atear em fogo. Eu não sei qual é a forma desse sigilo, eu não sei quais são as ervas. O que eu sei é a frase enoquiana que você tem que falar no momento em que você estiver acendendo a coisa toda:

Nirdo Noco Abramg Nazpsad.

E, fácil assim, você tem um anjo a caminho. Eu imagino que você tenha que nomear o anjo que você está procurando em algum lugar do sigilo enoquiano ou você terá o exército celestial inteiro na sua cola, o que não soa como uma festa à qual eu queira comparecer. Esses caras conseguiriam estragar uma orgia.

š **Ritual de localizaåão**. Digamos que você tentou o ritual de invocação e não funcionou. Sua próxima melhor aposta: rastrear o anjo e ir até ele. Aqui está como. Pegue uma tigela de barro, inscrita com esse símbolo:

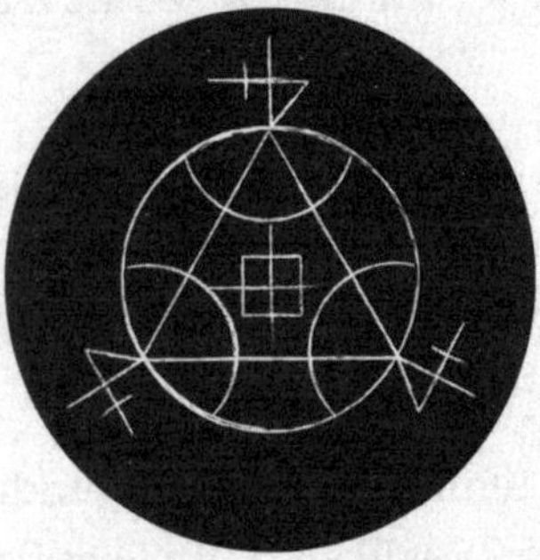

1. *Na tigela, coloque dois pedaços de pão consagrado (ou hóstias de comunhão), os ossos da asa de uma pássaro (não importa qual tipo, contanto que voe) e as seguintes ervas:*

   manjerona
   coentro
   cominho
   semente de mostarda
   alecrim

2. *Ou, se você for preguiçoso, use o tempero da marca Mrs. Dash, há tudo isso lá dentro. Estou falando sério. Cheque o rótulo.*

3. *Enfim, pegue tudo isso, adicione um pouco de óleo sagrado (disponível em bons fornecedores de itens ocultistas pelo mundo todo) e ponha fogo nesse troço. Enquanto tudo queima, diga o seguinte:*

   Zamran Ils Soba Vpaah Zixlai Grosb.

4. *Por último, jogue um mapa nas chamas.*
   E todos os lugares onde o anjo não está queimarão.
   Não fique surpreso se a coisa toda desaparecer — ao menos que você tenha um mapa do céu, o ritual de localização só vai funcionar se o anjo estiver no plano terrestre.

Isso é tudo sobre o enoquiano. Eu tenho certeza de que existe muito mais, mas eu sou um novato no folclore sobre anjos. Aprendendo no caminho. No que diz respeito às fraquezas dos anjos:

š **A Colt**. Apenas arcanjos são invulneráveis às balas da Colt, isso significa que os anjos menores são alvos fáceis. É claro que você terá que achar a Colt antes...

š **Ðleo sagrado**. Talvez eu devesse ter listado ele antes, já que é a única arma que um babaca normal pode usar contra um anjo. Quando tacamos fogo no óleo sagrado, ele pode conter o anjo como uma armadilha do diabo. Se eles cruzarem uma linha de óleo sagrado em fogo, o anjo queima. Morto. Foi-se, para sempre, não apenas de volta para o céu. Eles, também, não podem se teletransportar e seus poderes ficam limitados dentro do círculo. Você também pode fazer um molotov de óleo sagrado, pegando uma garrafa, enchendo a metade de óleo e colocando um pano embebido em óleo no gargalo. Acenda o pano e jogue, mas saiba que, se você errar, você já pode ser declarado morto.

O que eu estou deixando de fora? Parece que meus olhos vão cair para fora se eu não dormir logo, mas minha mente não quer tirar o pé do acelerador. Há tanta coisa que ainda preciso escrever. Eu poderia contar histórias sobre anjos para sempre, principalmente se você contar todas aquelas sobre Gabriel, quem pensamos que era, por muito tempo, um brincalhão chamado Loki – espere. Brincalhão. Mão de obra porca, poderes sobrenaturais, motivações grosseiras...

Eu preciso voltar ao ferro-velho.

ANANSESEM*

NÃO ACHEI O QUE EU ESTAVA procurando no ferro-velho. Eu estava esperando encontrar – bem, meio esperando, de qualquer jeito – embalagens de bala. Sabe, Gabriel adora doces e deixar embalagens de bala para trás sempre foi sua marca registrada. O cara comia mais Reese's Pieces** do que o E.T. Não que realmente pudesse ser o Gabriel, já que ele morreu – Lúcifer o esfaqueou igual a... uma coisa que você esfaqueia. Mas não seria a primeira vez que uma peça é recolocada no tabuleiro depois de já ter sido derrubada – Deus (ou quem quer que esteja lá em cima controlando tudo) já trouxe de volta pessoas com quem Ele simpatiza antes. Como Cass, duas vezes, ou Sam e Dean, um trilhão de vezes.

De qualquer jeito, não há nenhum sinal de Gabriel no Chevelle, mas isso não significa que alguém da sua laia não esteja envolvido nisso. E, com isso, quero dizer *brincalhões*, os desgraçados mais astutos que já caminharam nesse planeta. Como eu disse, seus poderes são quase divinos e eles são mesquinhos, vingativos e, muitas vezes, escolhem a vítima de maneira arbitrária – são criaturas cuja única motivação parece ser dar lições estúpidas nas pessoas.

Sabe de uma coisa? Falando em lições estúpidas, acho que essa é uma boa hora para um pequeno exercício mental. Uma atividade de "o que você faria?" para saber se você aprendeu alguma coisa até agora. Porque Deus sabe que eu não tomei as decisões certas quando estava nessa situação.

Há anos, lá pelo final dos anos 80, eu estava em uma caçada solo no interior do Arkansas. Estava mais quente do que o Hades e abafado também – não é meu local de férias ideal. Eu estava investigando as mortes de cinco senhoras idosas de um asilo nos

---

* "Contos da aranha" ou fábulas em Twi, língua dos Axântis. (N. do T.)

** Tipo de chocolate. (N. do T.)

arredores de Calico Rock, todas elas tinham morrido em incêndios. Fogos separados e autocontidos, todos entre as paredes da casa de repouso. Bem, incêndios, em si, não são misteriosos, mas em todos os casos, o relatório dos bombeiros dizia que a fonte do fogo tinha sido a roupa das mulheres. Nenhum acelerante foi encontrado nas cenas, mas o fogo queimou de forma rápida e incontrolável, até que parou de repente. Como se todo o ar tivesse sido sugado do quarto, imediatamente após a mulher ter sido consumida totalmente pelas chamas. Está começando a soar como meu tipo de trabalho, certo?

Minha investigação foi de acordo com as regras — entrevistei as testemunhas, ninguém viu nada. Entrevistei as famílias, descobri que as mulheres conheciam umas às outras, de forma geral, através do jogo de *bridge* no asilo. Calico Rock não é uma cidade grande e todas elas moraram nas proximidades suas vidas inteiras, então elas estavam fadadas a se esbarrar por aí ao longo dos anos, mas elas eram lembradas por todos como velhas simpáticas que ficavam na sua. Fofocavam um pouco, mas quem não o faz?

Minha hipótese: você já ouviu falar em combustão humana instantânea? Todas elas tinham sido inteiramente imoladas sem queimar o resto do prédio. Nenhuma fonte de calor estava por perto. Ninguém viu nada fora do comum — apenas um incêndio súbito que apagou tão subitamente quanto começou. Nada mais parecia se encaixar. E a pergunta se tornou: por quê? Quem (ou o quê) estava por trás disso?

A única pessoa que disse algo de mal sobre as mulheres carbonizadas foi um viúvo velho que morava na mesma casa de repouso. Ele tinha cor de pele de torrada queimada e seu sorriso o fazia parecer menos do que confiável, mas qualquer fonte era melhor que nenhuma. Ele me contou que as velhas discutiam por causa do jogo de *bridge* constantemente, que, no final do dia, elas não conseguiam suportar umas às outras, mas que não tinham mais ninguém com quem falar. Disse que elas eram amigas há tanto tempo que sabiam, exatamente, o que era mais irritante e enfurecedor em cada uma. Um detalhe interessante, mas não o bastante para tirar quaisquer conclusões. Eu dei uma olhada em suas poucas posses — elas não estavam se metendo com magia negra, não tinham feito nenhum pacto com um demônio e elas não eram incendiárias suicidas.

Passei uma semana na cidade, examinando cada pedacinho de informação várias vezes. E, então, encontrei algo — nomes.

Jeremy Prious
Alberta Prious
Maybelle Prious

Os mesmos nomes apareciam no testamento de duas das mulheres mortas. Uma conexão que ninguém tinha mencionado. Quando perguntei sobre os nomes, as famílias de ambas as mulheres descartaram a conexão. Uma mulher chamada Georgiana Prious tinha sido empregada doméstica em Calico Rock e aquelas eram suas crianças (agora crescidas). Georgiana tinha trabalhado para as duas famílias e foi por gratidão pelo seu trabalho que o dinheiro de cada propriedade tinha sido posto de lado para garantir a educação de seus filhos — acontece que esses filhos tinham 36, 33 e 28, então essa história não se sustentava. "Minha mãe não atualizou seu testamento desde que meu pai morreu", uma garota me disse. "Deve ser por isso que os filhos Prious ainda estão listados". Mentira. Alguma coisa estava errada e eu ia chegar ao fundo da questão.

Vasculhei as microfichas de jornais na biblioteca pública, procurando qualquer menção de Georgiana Prious. Já que era uma empregada doméstica nos anos 50, seu nome não aparecia muito. A parte que não mencionei ainda — Calico Rock tinha uma população 97% branca e a família Prious era negra. Eu tento me manter fora de qualquer absurdo racial, mas parecia que aquilo poderia ter sido um fator no que é que tenha acontecido.

Depois de horas de uma busca infrutífera e entorpecimento mental, encontrei a única menção de Georgiana Prious no registro público — seu obituário. 19 março de 1964. *Morreu em um incêndio. Havia* uma conexão aqui, mas não havia informação suficiente no artigo para que tudo se encaixasse.

Olhei no testamento das outras três mulheres — nenhum deles fazia alguma referência à família Prious, mas não parou por aí.

Voltei para os seus familiares e perguntei sobre Georgiana e todos eles sabiam quem ela era. Ela tinha trabalhado para apenas uma delas, mas um deles tinha ouvido sobre a morte trágica de Georgiana e a última – Sra. Baldwin – bem, foi na sua casa que ela morreu. Enquanto, de acordo com a polícia, Prious estava *roubando* os Baldwins. O fogo foi um acidente elétrico e Georgiana ficou presa dentro do porão, queimando, enquanto os bombeiros tentavam apagar o incêndio.

Era hora de falar com Jeremy, Alberta e Maybelle Prious.

Conseguir juntar os três em um mesmo quarto foi uma proposição mais complicada do que eu imaginei que seria – eles odiavam uns aos outros e não tinham se falado em quase dez anos. A única maneira que consegui convencê-los de se encontrarem foi usando a herança das mulheres queimadas até o pó como isca. Quando eles ouviam a quantia ao qual teriam direito, eles concordaram, relutantemente, em se encontrar comigo no bar local para uma bebida e um papo rápido.

O que se seguiu foi o primeiro drinque mais desconfortável que já tive, seguido por uns drinques mais ou menos, e depois por drinques reveladores do quinto ao oitavo. As crianças Prious estavam além de traumatizadas com o que tinha acontecido com sua mãe. Ela era a mulher que cuidava deles, a única pessoa que eles tinham no mundo (o pai tinha morrido em um acidente de automóvel quando eles eram pequenos) e ela morreu tragicamente, apenas para ser, mais tarde, acusada de um crime que ela não cometeu. Sua mãe não era uma ladra, ela não poderia ter sido uma – ela tinha três crianças para sustentar, ela não correria o risco de ser presa e perder os seus trabalhos como empregada doméstica.

Era mais do que isso. As crianças acreditam que Georgiana tenha sido vítima de um encobrimento – que a polícia sabia que ela não estava roubando a casa, que ela tinha sido convidada como visita. Por qual razão, ninguém tinha sequer um palpite. Tudo que eles sabiam é que todas as mulheres que morreram – elas eram amigas próximas na época da morte de Georgiana e todas elas conspiraram para manter em segredo as circunstâncias de sua morte.

O que Jeremy, Alberta e Maybelle fizeram em relação à morte de sua mãe nos anos que se seguiram, é isso que os separou. Jeremy acabou passando um ano na detenção juvenil por roubar um carro quando tinha 14 anos. Isso o separou das suas irmãs, ele foi posto em uma família adotiva preparada para lidar com crianças problema. Maybelle ficou furiosa. O fato de Jeremy roubar só fazia sua mãe parecer mais culpada. Maybelle queria usar os canais corretos para obter justiça — processar a cidade por improbidade e difamação de sua mãe, mas não conseguiu que ninguém aceitasse levar seu caso para o tribunal. É difícil para uma adolescente dura conseguir fazer qualquer coisa, especialmente quando se é orfã. Ela insistiu no assunto até ninguém mais querer nada com os filhos Prious, o que tornou as coisas ainda mais difíceis para todos eles. E Alberta... quando ela tinha 16 anos, abandonou a escola e foi trabalhar como empregada doméstica. Para os Greyson — uma das famílias para as quais Georgiana tinha trabalhado. Uma das famílias que Maybelle e Jeremy suspeitavam estar envolvida no encobrimento da morte de sua mãe. Maybelle não conseguiu suportar isso. Ela começou a espalhar boatos sobre a irmã, dizendo que ela estava dormindo com o homem da casa Greyson. O Sr. Greyson não teve nenhuma escolha além de despedir Alberta e ela acabou na rua. Tudo saiu de controle, até estarmos aqui — afogando nossas mágoas no uísque (gin para as senhoritas) e nos perguntando o que realmente tinha acontecido com Georgiana no porão todos aqueles anos atrás. Era a única coisa que os filhos Prious ainda tinham em comum — eles queriam a verdade.

E foi então que Alberta disse aquilo. "Eu acho que a Sra. Greyson deve estar aterrorizada. Todas suas velhas amigas morrendo daquele jeito." Eu estava tão bêbado que não tinha percebido — Greyson não era uma das mulheres que tinham sido mortas. Ela estava por aí, viva e era muito provável que fosse o próximo alvo.

Então, aqui vai o primeiro questionário — vocês todos sabem quem é o suspeito principal, certo? Não é necessário ser um gênio. Vão em frente. Adivinhem.

Vocês disseram Maybelle, certo? Pensaram que ela era quem estava mais irritada com a injustiça feita com sua família, não conseguiu nenhum resultado do sistema legal, então ela começou a procurar outras opções, como magia negra — talvez *hoodoo*, talvez algo mais esotérico. Começou a eliminar as velhas que fizeram mal à Georgiana, uma por uma.

Errado.

Maybelle não aprovou quando seu irmão manchou o nome da família deles, quando cometeu o mesmo crime pelo qual sua mãe foi acusada. Não importa o quanto ela quisesse, ela nunca iria matar alguém — porque isso significaria que ela seria tão culpada quanto as pessoas que ela queria punir. Ela preferia continuar sofrendo, contando a quem estivesse ouvindo a verdade sobre os fatos. E Jeremy, bem, ele aprendeu a dura lição em sua juventude sobre as consequências da desobediência. Ele viveu sua vida corretamente desde então. Começou uma família. Seguiu em frente.

Alberta, porém... sua vida tinha sido arruinada pela tragédia. Ela conhecia todas as mulheres envolvidas, sabia de seu suposto envolvimento devido à campanha de sua irmã mais velha. Tinha tantas razões para odiar aquelas mulheres quanto Maybelle e Jeremy. Porém, o fator mais importante é o fator mais humano — a única mulher que não tinha sido morta foi a Sra. Greyson, uma mulher que acolheu Alberta quando ela estava desesperada e a deu um lar e um emprego. Não foi a Sra. Greyson (nem mesmo o Sr. Greyson) quem foi a responsável por Alberta ter perdido isso tudo, foi Maybelle. Alberta foi a minha suspeita. Vingança, o motivo. Magia negra, o meio.

Pergunta número dois: com tudo isso em mente, qual é o próximo passo?

A. Ir para o apartamento de Alberta, saquear o lugar, procurando grimórios, implementos mágicos, gatos mortos e todas essas besteiras da magia negra.
B. Pular isso, presumir que Alberta é culpada e confrontá-la.
C. Continuar procurando por mais suspeitos. Falar com a Sra. Greyson.
D. Ir embora. Deixar o assunto em paz, visto que o dano já tinha sido feito.

E então?

É uma escolha mais difícil do que parece à primeira vista. É uma das lições mais importantes sobre caçar — emoções, *suas* emoções, têm um papel muito grande nas decisões que você faz. Pois, eu? Depois de falar com os Prious? Não importa quão mínima era a evidência que eles tinham, eu acreditava neles. Georgiana era inocente e aquelas velhas eram culpadas, algo no olhar que Maybelle tinha quando falava sobre sua mãe... Eu queria ir embora... A justiça tinha sido servida.

Você tem que *lutar contra esse sentimento*. Pessoas estavam morrendo e eu não podia ter certeza que aquilo ia parar. Eu tinha que continuar cavando.

Agora, isso não quer dizer que você deve ignorar seus sentimentos completamente. Minha intuição me dizia que Alberta estava por trás das combustões instantâneas e que, se eu a confrontasse diretamente, eu podia acabar queimado também. Isso não pode acontecer. Eu também sabia que, se eu estivesse certo, o eixo central para resolver o caso todo era a Sra. Greyson. Ela era a ligação emocional de Alberta — a única pessoa que tinha sido gentil com ela durante tudo. Se *Greyson* pudesse confrontar Alberta, nós estaríamos chegando a algum lugar.

Depois de ter ficado sóbrio, fui para a casa Greyson. Ela vivia sozinha na velha casa de campo, tendo sobrevivido muitos anos depois de seu marido. Diferentemente das amigas, ela ainda conseguia cuidar de si mesma, mas pelo estado do lugar, essa capacidade estava desaparecendo rapidamente. O mofo cobria um canto da sala de estar onde a água de um banheiro do andar de cima havia vazado — ninguém tinha feito nada para parar o vazamento, então o mofo brilhava com a umidade. Como um tentáculo verde, descendo do teto para agarrar os muitos roedores pequenos que corriam ao longo das tábuas do chão. Aquilo não parecia incomodar a Sra. Greyson, que estava tomando chá com mel e murmurando baixinho para si mesma enquanto eu lhe fazia perguntas. Eu disse para ela que era do jornal e estava escrevendo um artigo sobre os incêndios.

"O que você lembra sobre Georgiana Prious?", eu perguntei.

"Georgie… ela era uma flor. Murchou cedo demais."

Eu não sabia que diabos ela queria dizer com isso, então insisti. "Você lembra o que aconteceu com ela? Com Georgie?"

"Claro."

"Você poderia... você sabe... me contar?"

Houve muita conversa, réplicas e tréplicas, sem conseguir extrair muita coisa dela. Foi só quando eu mencionei a morte trágica das amigas que a Sra. Greyson realmente começou a falar.

"Todas elas mereceram isso, de um jeito ou de outro", ela disse. "Fofoqueiras e traiçoeiras, todas elas."

"Pensei que elas eram suas amigas", eu disse.

"Eram. Éramos amigas. Há anos atrás."

"E agora vocês não são mais, por causa do que você fez com a Georgie?"

Ela franziu o cenho, daquele jeito que as velhinhas dominam. Apoiou sua xícara de chá. "Eu não encostei um dedo nela. Eu cuidei da mais nova depois dela morrer… eu não tive nada a ver com essa história."

"Mentira."

Não é que eu não sentisse pena daquela mulher, mas há certa arte em alfinetar as pessoas até que elas confessem. Dava para ver que a Sra. Greyson queria me contar mais, mas ela estava se censurando. Pensando demais em suas respostas. Eu tinha que agitá-la, fazê-la falar mais rápido, sem o filtro.

Ela passou pelos passos habituais — "Quem você pensa que é?" e "Você é um convidado em minha casa" e "No meu tempo..." —, mas nada daquilo me convenceu que ela não estava envolvida na morte de Georgiana.

Eu perguntei questões mais diretas como: "O que Prious estava fazendo na casa para começo de conversa?", que ela evitou por um tempo, até que, finalmente...

"Ela não deveria ter estado lá. Ela deveria saber que o que ela estava fazendo era errado, sem que a gente tivesse que dizer para a viúva."

Atrás de mim, a porta da frente se abriu. Saco. Eu tinha convencido Alberta na noite anterior a se juntar a mim na casa da Sra. Greyson, mas não por outra meia hora — eu queria chegar ao fundo das coisas, botar Greyson do meu lado e pronta para colocar juízo na cabeça de Alberta. Eu precisava de, pelo menos, mais cinco minutos, eu tinha acabado de chegar à parte boa. Porém, não era Alberta. Eu ouvi o barulho de uma bengala se arrastando no piso velho de madeira. A visita não convidada entrou, não notou que eu estava sentado na sala mal iluminada até estar bem do meu lado.

Era o viúvo da casa de repouso com a pele de torrada queimada. Um homem que alegou apenas conhecer as mulheres falecidas, porque elas viviam no mesmo corredor que ele. Suspeito para caramba que ele tenha decidido aparecer do nada.

"Oh", ele disse. "Eu vou voltar quando você não tiver companhia, Sra. Greyson."

Estas eram as opções, como eu as via no momento:

A. Sua visita era aleatória e uma incrível coincidência. Deixo-o ir embora e continuo a interrogar a Sra. Greyson.
B. Ele era outra peça do quebra-cabeça que eu não compreendia, mas Alberta ainda era a assassina. Prendo-o aqui, espero que Alberta chegue e deixo o bicho comer. Mato a pessoa que parecer mais apropriada depois de todos esclarecerem suas histórias.
C. O viúvo era o culpado real, aqui para terminar o trabalho. Pego ele do lado de fora, longe da vista de Greyson e o mato.
D. Mato todos e deixo que os garotos lá em cima e lá embaixo decidam o que fazer com eles.

Talvez você seja mais esperto que eu. Mas eu, de cara com essas opções, não o ia deixar partir por decreto nenhum. Eu fui mais rápido que ele até a porta e fechei-a. Tranquei-a. Deixei claro que ele não ia a lugar algum, o que não deixou ele muito animado. Se ele era o culpado ou Alberta... isso eu não sabia. Eu tinha que perguntar mais coisas.

Ficou claro muito rapidamente que a Sra. Greyson não tinha ideia de quem era o viúvo idoso ou o que ele estava fazendo ali. Mais uma prova contra o cara. Ele alegou inocência, dizendo que a memória da Sra. Greyson não era mais a mesma (acontece com o melhor de nós). Que eles eram grandes amigos e que ele não tinha ideia da conexão que ela tinha com as mulheres incineradas. História provável, amigo.

Ele disse que seu nome era Omar Adams, que se nós ligássemos para qualquer um dos velhos amigos da Sra. Greyson, eles confirmariam sua história. Eu decidi aceitar o blefe, fui para o outro quarto para pegar o telefone — lembre-se de que esses eram os anos 80 — com a intenção real de pegar uma faca na gaveta. Eu tinha uma arma na minha jaqueta, só para garantir, mas a situação parecia estar fugindo do meu controle e eu queria cobrir todos os ângulos. Quando tentei alcançar o porta-facas, a mão de Omar já estava na faca para açougue. Ele não estava nem no recinto um segundo antes.

"Eu pensei que você ia dar um telefonema?", ele perguntou. Eu notei que ele não estava segurando a bengala. Parecia que não precisava dela.

A campainha tocou. Cortou a tensão como a faca que eu não podia pegar. Dessa vez, era Alberta que estava na porta. Ela tinha chegado cedo no final das contas.

Fui até a porta, destravei o ferrolho, percebendo agora como tinha sido inútil trancar a porta em primeiro lugar. O viúvo tinha se teletransportado para a cozinha, eu tinha certeza. Minha visão não é perfeita, mas quando alguém passa de não estar ali a estar ali em um instante, isso faz dele o quê? Naquela época, eu não achava que anjos existiam e, certamente, não sabia que eles podiam se teletransportar. Então o quê? Um fantasma? Com certeza não parecia um.

Enquanto Alberta caminhava para a sala, enfiei a mão dentro da minha jaqueta e senti o frio metal da minha pistola. Se eu estava enfrentando uma criatura que podia se teletransportar e causar combustão instantânea, a única vantagem que eu tinha era a surpresa. Eu tinha que agir.

O viúvo não ficou surpreso. Nem um pouquinho.

Antes mesmo de eu conseguir apontar a arma em sua direção, eu senti meus pés levantando do chão e fui arremessado para trás, por cima de uma cadeira e para o corredor, batendo nos obstáculos do caminho. Eu disparei um tiro, mas a bala cravou inefetivamente no corrimão de madeira que subia até o segundo andar. Meu corpo bateu contra a parede com uma força incrível, minha cabeça girando com o impacto. Eu cambaleei para a frente, tentei nivelar a arma mais uma vez... e foi então que tudo ficou escuro.

. . . . .

Quando acordei, senti o gotejar quente do meu sangue nas minhas costas. Eu não conseguia ver nada — concluí que eu devia estar no porão. A casa velha tinha um abrigo contra tempestades que estava fechado por anos, o que eu descobri ao fazer reconhecimento da área antes de entrar. Parecia um lugar discreto para se desfazer de um corpo, se houvesse a necessidade. Não achei que era *o meu* corpo que seria despejado.

Adiante, algo se mexia. O peso deslocando na cadeira.

"Eu não queria te machucar", a escuridão disse.

"Até parece", eu disse. "Não me arremesse na parede da próxima vez."

"Eu tenho direito de me defender", a voz disse. A voz do viúvo.

"Qual é seu nome real?", eu perguntei à escuridão.

"Anansi", o viúvo respondeu, hesitantemente. "Talvez você já tenha ouvido falar de mim."

Eu certamente tinha ouvido falar em Anansi. Ele era um deus brincalhão da África Ocidental e tinha atravessado para as Américas em um navio negreiro por volta de 1700, se você acreditar nas lendas. O que eu, obviamente, faço. Ele era um guardião do conhecimento no mundo velho e era conhecido por contar histórias — eles as chamavam de Contos da Aranha ou Anansesem. Era famoso por pregar peças nas pessoas e por dar lições nelas. O folclore diz que ele tinha a forma de uma aranha gigante, quando ele não estava disfarçado entre os humanos, o que parecia ser verdade — algo em sua face lembrava uma aranha. Fiz um comentário do gênero, perguntei por que ele não estava tecendo uma teia em algum lugar.

Um fósforo foi riscado em minha frente, a luz emanando dele iluminava os penhascos e vales da face de Anansi. "Ah, sim. Eu reconheci que você era caçador... pelo seu cheiro. Você tem cheiro de morte, de matança. Eu achei que você ia *me* reconhecer mais rápido", ele disse, apontando para sua cara. "Minha máscara não é muito sutil. Eu sou um *viúvo-negro*". Ele sorriu. O "*Sacou*?" estava subentendido.

Por que monstros sempre têm que fazer trocadilhos infames? Eu nunca vou entender isso. Eu parti para outra. "Um dos garotos Prious invocou você?"

Anansi riu. "Não, não. Ninguém me invoca mais. Eu vou para onde eu vou e, neste momento, eu estou aqui."

"Explodindo velhinhas."

"Elas receberam o que mereceram. A roda da fortuna apenas lhes trouxe de volta o que elas botaram nela." Anansi se debruçou para frente. E franziu os olhos. "Você não concorda?"

"Não posso ter certeza", eu disse. "Eu nem sei o que elas fizeram."

"Uma mulher foi queimada viva por elas", ele disse. "Isso é ruim para sua aura. Eu posso cheirar isso também. Tenho um bom nariz para essas coisas."

Eu perguntei como ele tinha tanta certeza. Ele expôs a história toda, que ele tinha reunido ao escutar escondido os seus jogos de *bridge* pelos últimos cinco anos — veja bem, Anansi estava aposentado. Ele tinha abandonado seus hábitos antigos. Passou a viver a vida como um humano numa casinha simpática de repouso, apenas para ser atraído de volta para o serviço por uma equipe de velhas, cujo segredo ele entreouviu.

Georgiana Prious estava namorando, em segredo, o filho de uma das mulheres — um homem chamado Arden Baldwin. Arden tinha conhecido Prious quando estava em um evento social na casa de uma das amigas da mãe, onde Georgiana trabalhava por meio expediente como empregada. Eles sabiam que seu relacionamento não seria bem recebido pela família Baldwin, não por causa de sua raça, mas devido à sua posição — uma servente, mais ou menos. A família Baldwin era rica para os padrões de Arkansas e seu dever familiar sendo o primogênito era casar-se bem e manter o dinheiro da família em boas (e já ricas) mãos.

Um dia, um grupo de seis mulheres se reuniu para discutir um evento da igreja que estava por vir — porque todas eram boas mulheres cristãs – e descobriram o relacionamento secreto de Georgiana e Arden. A Sra. Baldwin ficou menos do que satisfeita com o namorico de seu filho e fez ele e Georgiana se sentarem – à força. Eles não iriam a lugar algum se não concordassem em terminar sua pequena aventura. O problema era que amor não funciona desse jeito e nenhum dos dois estava receptivo à ideia... até que o dinheiro da família entrou em jogo. A Sra. Baldwin, após a insistência de várias de suas amigas, disse a Arden em termos inequívocos que a fonte secaria se ele não renunciasse sua namorada servente imediatamente. Mas durante esse tempo todo, Georgiana, que estava aterrorizada, é claro, estava pensando em um jeito de escapar. Enquanto Arden estava pesando suas opções, Georgiana correu e a Sra. Baldwin a perseguiu. Eu não tenho detalhes sobre a próxima parte, mas o que eu sei é que as coisas foram de mal a pior. No final da briga, a Sra. Baldwin estava em pé sobre o corpo inconsciente de Georgiana e derrubou uma lâmpada que começou um pequeno incêndio. Eles tinham uma escolha – e eu tenho certeza de que, para uma mulher rica com tudo a perder, ela pareceu óbvia. Ela e seu bando deixaram a garota do lado de dentro para queimar.

A parte que não entendi? Por que o idiota do Arden não falou nada. Era a mãe dele, mas mesmo assim... se ele amava aquela garota, ele não deveria ter deixado as coisas chegarem a esse ponto. Ela tinha filhos, pelo amor de Deus.

Então, lá estava eu, sentando em frente de Anansi, a cabeça ainda nebulosa da violência anterior. Agora a história toda tinha sido contada. Pelo que eu ouvi, parecia mesmo que as mulheres mereceram aquilo. Eu perguntei o que ele iria fazer com a Sra. Greyson no andar de cima.

Ele farejou o ar e me fez uma pergunta: "Você não consegue sentir o cheiro?"

Eu conseguia. Fumaça. A Sra. Greyson já estava morta.

E é aqui que o cenário no qual ninguém ganha vem à tona. O brincalhão já tinha feito todo o dano que faria. Ele tinha matado as seis mulheres responsáveis pela morte de Georgiana e o encobrimento. E, de certo modo, ele tinha tido razão em fazê-lo — não eram elas as vilãs da história?

Então, eu não faço a mínima por que fiz o que fiz em seguida e, honestamente, não sei se faria a mesma coisa se me encontrasse na mesma posição agora...

Eu me debrucei para a frente, pus minha cabeça na minha mão esquerda, como se eu estivesse consumido por emoções após ouvir a história (ele era um contador de histórias, eu sabia que ele ia comprar essa) — e eu usei minha mão direita para alcançar minha bota, fora da visão de Anansi. Lá, eu guardava um punhal de prata para situações como aquela. Com um único movimento rápido, eu puxei o punhal, direcionando-o para cima e apunhalei o maxilar inferior de Anansi, de modo que a lâmina trespassou a cabeça dele do queixo até a testa, a ponta saindo de sua cabeça como um daqueles palitos de dente no sanduíche.

Anansi teve um espasmo, caiu pro lado, seus olhos arregalados — dessa vez, ele ficou surpreso.

Eu adoraria dizer que verifiquei novamente o folclore, fiquei para trás para limpar a cena, ou mesmo que conferi a situação da Alberta, que até hoje não sei que destino levou. Eu não fiz nenhuma dessas coisas. Eu corri, eu entrei no meu carro e fui para casa o mais rápido que pude.

O que eu não sabia então — é que é preciso muito mais para matar um brincalhão... e não há nenhuma razão pela qual a coisa que você está caçando não possa te seguir até em casa.

O TRITURADOR

ASSIM QUE CHEGUEI em Sioux Falls, eu me arrependi de minha saída rápida de Calico Rock. Se há uma coisa que aprendi com Rufus, é que... bem, principalmente, eu aprendi a ser um alcoólatra com Rufus, mas aprendi outra coisa: você não pode pegar atalhos. Aliás, essa era a regra número 1 de Rufus, mas eu vou chegar às regras mais tarde, se eu ainda conseguir me lembrar delas.

Quando estacionei no ferro-velho, fui direto para dentro da minha biblioteca. Eu sabia que iria ler sobre brincalhões em algum dos meus livros sobre folclore, mas também sabia que seria uma longa noite de leitura antes de achar os dados principais. Isso foi antes da internet, sabe, e não dava para simplesmente googlar o nome do monstro e cair em um *site* de algum nerd do ocultismo detalhando todos os modos de matar aquilo. Ainda era preciso fazer as coisas ao modo antigo, com noites sem sono, cortes de papel e o cheiro de papel mofado dos livros velhos. Pode ser que demorasse mais, mas eu preferia esse jeito — é por isso, provavelmente, que minha casa ainda tem a mesma aparência. Se fosse pelo Sam, a essa altura minha biblioteca inteira já teria sido digitalizada e estaria pronta para uma pesquisa rápida, mas isso vai acontecer no dia que meu cu for lançado para Júpiter pelos Estados Unidos. Acho que se Cuba lançasse, seria uma piada mais engraçada, mas acho que já tinha cuzões o suficiente nessa frase do jeito que estava.

De qualquer maneira, fui para dentro e comecei logo a pesquisa. Se eu tivesse o azar de esbarrar em um brincalhão mais uma vez, estaria preparado. Na manhã seguinte, finalmente achei o livro que estava procurando — uma enciclopédia gigante chamada *"Deuses das selvas e planícies africanas"*, do acadêmico Michael Cowan, que era especialista nessas coisas — conheci o cara pessoalmente no ano passado, descobri que ele teve um encontro com um brincalhão nos anos 70, durante uma missão de ajuda em uma aldeia remota no que era então o Zaire. Ele fez piadas demais sobre o cheiro das cabanas de esterco e ofendeu o brincalhão. Obviamente, ele não sabia que era um brincalhão naquela altura. Até onde eu sei, pode ter sido Anansi a quem ele ofendeu, já que nada impede um semideus de sassaricar de um continente para o outro quando der na telha. De qualquer jeito, quando Michael voltou aos Estados Unidos, ninguém da sua família o reconheceu, nem vagamente. O seu filho achou que ele estava invadindo a casa quando ele entrou pela janela da cozinha (suas chaves pareciam não estar mais funcionando) e quase atirou nele com seu próprio rifle de caça. Outro homem estava vivendo em sua casa, dirigindo seu carro, dormindo com sua esposa... e todos estavam agindo como se ele fosse o maluco. Eventualmente, seu *doppelgänger* revelou-se ser o brincalhão e exigiu que Michael fizesse penitência. Em troca de fazer com que sua vida retornasse ao normal, o brincalhão queria que Michael vivesse em uma cabana de esterco, como aquelas sobre as quais ele tinha feito piadas na aldeia que ele visitou no Zaire. Diante disso ou perder toda sua vida e todos que faziam parte dela para sempre, Michael escolheu a cabana. Ainda vive nela. Apesar de todas as reclamações que ele faz, a cabana cheira melhor do que você

pensaria. E foi isso que o levou a compilar todo esse conhecimento sobre os brincalhões, para salvar os outros do mesmo destino. Dentro desse livro, eu achei isto:

Essa é a forma nativa de Anansi – um pouco mais feia do que o velho viúvo que conheci no dia anterior, mas, de certa forma, eu podia ver a semelhança. O que li sobre ele quase me fez mijar nas calças – de acordo com o folclore, um brincalhão só pode ser morto por uma estaca com o sangue de sua vítima e eu, certamente, não tinha feito isso com Anansi. E isso me fez perguntar – se Michael Cowan pesquisou tudo que era conhecido sobre brincalhões, por que ele nunca matou aquele que o condenou a uma vida em uma casa feita de tijolos de merda? É provável que tenha sido por causa da próxima parte:

Se, por alguma circunstância terrível, alguém se descobre pego na mira ferrenha e inquietante de um brincalhão (ou um semideus de capacidade e destreza semelhantes em assuntos de má-reputação), o antídoto não é a revanche ou fins violentos, mas, de preferência, a capitulação. Embora suas deficiências estejam bem documentadas nas histórias tribais (fontes primárias listadas no apêndice C), a humanidade não deve tratar o brincalhão com leviandade. Eles são, por sua própria natureza, impetuosos e se enraivecem rapidamente, julgam rapidamente e fulminam sumariamente aqueles quem eles pensam que merecem. A justificação de suas ações pode ser caprichosa e sem mérito, seus maneirismos, infantis. Apesar disso, nunca se esqueça de que eles dominam energias e magias muito além do limite da compreensão humana e irão usá-las, francamente, para tornar sua vida miserável pela simples razão de acharem isso engraçado.

Ok, então, talvez você tenha lido isso e pensou, "Acho melhor passar longe dos brincalhões", mas o que eu concluí foi que era melhor encontrar um pedaço de madeira afiado e o sangue de uma daquelas vovós mortas por combustão espontânea em Calico Rock, para que eu tivesse alguma chance contra Anansi se eu esbarasse nele de novo. Isso significava dar meia-volta e atravessar o país novamente, provavelmente, tendo que invadir um necrotério ou cavar uma cova, para o caso de Anansi desistir de sua aposentadoria autoimposta. Assim é a vida.

Eu botei algumas costelas na brasa (para criar coragem) e planejei minha estratégia — eu ia tentar chegar ao corpo da Sra. Greyson antes que ele fosse enterrado — se eu chegasse tarde demais, o trabalho ia ser muito mais sujo. Ninguém gosta de cavar sete palmos de terra e, muito menos, de apertar e cutucar um corpo desfigurado. Eu rearrumei minha sacola cheia de armas e outros apetrechos de caça e caminhei até o ferro-velho, onde tinha estacionado.

O sol estava se pondo sobre os destroços retorcidos dos carros no ferro-velho. Eu tinha, de algum jeito, passado o dia inteiro vasculhando os livros sem ter me dado conta. Acontece com mais frequência do que eu gostaria. Um uivo de lobo chamou minha atenção, vindo da floresta atrás do quintal. Os lobos não são inexistentes em Dakota do Sul, mas eles são muito raros nessas partes. Principalmente, naquela época, antes que a campanha "Salve os Lobos" tivesse alcançado sua máxima potência. Era mais provável que você achasse um fazendeiro em pé do lado da carcaça do lobo que ele acabou de matar do que um lobo uivando na natureza. Ouvir aquilo era estranho, mas eu não dei muita importância até ouvir o mesmo uivo apenas uns segundos depois — e, dessa vez, estava atrás de mim.

É um pouco assustador qualquer coisa que se mova tão rápido, ainda mais uma criatura com caninos e um gosto por carne vermelha sangrenta, então achei melhor me prevenir e puxei um rifle calibre 22 para fora da minha sacola. Esse tipo de poder de fogo conseguiria eliminar um lobo sem problemas. Cheguei perto do meu carro, achei que tinha me safado... e então ouvi os gemidos. Virei-me o mais rápido que pude, vasculhando o quintal – achei que era um animal ferido, cervo, coiote ou, talvez, um cachorro, mas não conseguia ver nada. O bicho choramingou de novo, dessa vez de forma um pouco mais profunda, mais triste. Estava sentindo dor, o que quer que fosse aquilo, e estava por perto.

Chega dessa besteira de "círculo da vida", eu pensei e voltei para os meus próprios assuntos, apenas para ser saudado pela visão mais estranha enquanto eu circundava o carro para chegar no porta-malas. Alguém havia mordido sua traseira. E não de forma metafórica – algo tinha mastigado a parte esquerda posterior do carro, cortando o pneu e deixando metal amassado com grandes marcas de dente onde o para-choque, as lanternas e o painel lateral traseiros tinham estado. Era o carro que estava choramingando. Estava fazendo malditos barulhos como se fosse um gato machucado.

Mesmo para mim, aquela porcaria não era natural.

Fiz a única coisa que fazia sentido – levantei meu rifle e me aprontei para atirar nele. Regra do caçador número 27: se um objeto inanimado que nunca deveria estar vivo está vivo, você o mata, o quanto antes possível. Quando coloquei o carro na minha mira, ele rosnou para mim. Rosnado profundo e gutural, como um urso ou um leão. Que beleza, eu o emputeci.

Enquanto eu considerava o quão fudido eu estava, me dei conta de que uma arma de calibre 22 não vai matar algo que pesa mais de mil quilos. Minhas melhores opções:

A. Correr
B. Correr
C. Correr
D. Me mijar, depois correr.

E aí eu lembrei que aquilo era um carro (vamos pausar para um grande "Sério, mesmo?" aqui... ok, podemos continuar) e mesmo com um pneu estourado, ele ainda podia correr mais rápido do que eu. Dirigir mais rápido do que eu. Que seja. Podia ir mais rápido do que eu, me atropelar e esmagar minha cabeça como uma uva.

Com meu rifle ainda apontado para o carro, eu dei alguns passos para trás. Meu pé esbarrou nas calotas de um velho calhambeque sucateado que estava parado no ferro-velho enferrujando por uma década — e o calhambeque latiu para mim.

Um conjunto de vigas altas bateu em mim, quase me cegando. E depois outro, e outro, e outro. Uma dúzia de motores veio à vida e retumbaram por todo ferro-velho. O que quer que tenha acontecido com meu carro, tinha acontecido com todos os carros e nenhum deles parecia feliz em me ver. Naquele momento, tudo o que eu podia pensar era que devia ter cuidado melhor deles. De um deles, eu tinha tirado todos os assentos, um deles não tinha nem um painel lateral, nem portas, de outro eu tinha tirado toda a fiação... eles iam me matar e eu não podia deixar de maravilhar-me com o quão irônica minha morte seria, seria atropelado pelos carros que eu passei a minha vida despedaçando... então, é claro, tinha que ser o brincalhão. Anansi deve ter me seguido até em casa e estava tentando se vingar de mim pelo que eu tinha feito com ele.

Se eu pudesse ter falado com o cara, talvez a gente pudesse ter chegado a um acordo. Afinal, eu não tive sucesso em matá-lo, então nenhum dano tinha sido feito, certo? O que é um pequeno apunhalamento entre amigos? Eu duvido que ele veria as coisas desse jeito, mas naquela hora parecia que valia a pena tentar. Em vez disso, eu tentei traçar um percurso através da matilha de latas-velhas raivosas entre eu e minha casa, mas agora elas estavam se movendo; elas rolavam por aí em cima de bordas de aço e pneus carecas e vazios. O som era horrível — uma mistura de sons de motor movidos a diesel e o barulho de metal arrastando no metal, junto de gemidos e sussurros baixos. Os carros estavam sussurrando. Falando uns com os outros, planejando meios de me encurralar, me matar e me dar o troco por todas as coisas que fiz com eles. Eu era como um bebê, tendo que dar satisfação aos seus brinquedos maltratados.

Atrás de mim, outro uivo semelhante ao do lobo cortou por cima do barulho dos carros. Era diferente do barulho que os carros estavam fazendo — de algum jeito, era mais selvagem e bestial. Mais estranho do que o uivo era a reação que os carros tinham a ele — muitos deles recuaram, suas luzes de ré se acendendo enquanto eles recuavam para longe do uivo. O que quer que estivesse atrás de mim, eles tinham medo disso e parecia razoável que eu também tivesse.

Em momentos como esse, você tem que se fazer algumas perguntas difíceis, tais como:

- Eu tenho alguma chance de sobreviver a isso? Porque se não, ao menos você pode morrer lutando.

- Quais são as chances de que isso seja um sonho? Eu já fiquei preso nos meus próprios sonhos antes e as coisas ficaram bem estranhas por lá também. Nesse caso em particular, isso parecia muito mais uma obra doentia de Anansi e não meu próprio subconsciente (embora isso se parecesse com algo que eu sonharia).

- Para quem eu posso ligar para conseguir alguma ajuda? Na época, todos os caçadores que eu conhecia estavam a vários estados de distância — esse problema iria ser resolvido antes que eles conseguissem chegar a Sioux Falls, de um jeito ou de outro. Ou eu seria uma mancha de sangue nos rastros de um pneu ou eu — de algum jeito — teria encontrado um jeito de me safar disso.

- O que eu faço em seguida?

Essa última é meio chata, né? Nunca há uma resposta fácil. Um exército estava à minha frente, monstros de aço sedentos de sangue que eu não compreendia e não podia prever. Atrás de mim... mistério. Algo maior, mais feroz. Mais irritado?

Eu escolhi o mistério. Dei meia-volta e corri o mais rápido que pude para dentro da escuridão na extremidade do ferro-velho. Na ponta mais distante há uma cerca de ferro com arame farpado em cima — não quero que ninguém invada o local — que iria impedir minha fuga. Felizmente, minhas atividades extracurriculares fazem com que eu não tenha o tempo suficiente para cuidar da cerca e eu sabia que existiam alguns lugares onde poderia me esgueirar por um buraco na cerca. Enquanto me distanciava dos faróis dos carros, percebi que eles não estavam me perseguindo. Eles sopraram e bufaram quando comecei a correr, mas nenhum deles tinha coragem suficiente para me seguir. Falando sobre carros covardes... isso soa ridículo, vinte anos ou mais depois. Mas eles eram. Eles estavam vivos e eram uns mariquinhas — com medo do que estava espreitando no escuro no final do lote.

Muitas pessoas, sabendo disso, iam preferir se arriscar com os carros a ficar na companhia da besta misteriosa uivante. Afinal, os carros eram apenas latas-velhas — quebrados, alguns nem tinham motores. Não que os motores importassem muito quando eles estavam sendo propelidos por forças sobrenaturais, mas eles, certamente, não estavam se movendo tão rápido quanto eles estariam se tivessem saído direto do estacionamento da concessionária.

Esse é um bom momento para explicar como meu negócio funciona. Há dinheiro em sucata de metal, mais do que você pensaria que existe. Algo como 80% de todo alumínio que já foi produzido ainda está em uso, graças à mágica da reciclagem e da recuperação. O metal não muda. Ele não fica mais fraco com o tempo, ele não quebra fácil, ele não precisa ser mimado e paparicado para durar. Parece com alguém que você conhece? Pessoas me trazem seus carros — eu os compro por pouco e consigo ter uma boa vida vendendo as partes e os pedaços para as pessoas que precisam deles. Quase todos os carros batidos ainda podem ser úteis, mesmo que o exterior pareça ter passado pelo inferno. Quem dera que as pessoas fossem tão resistentes. Bem, eu contei isso tudo para que eu pudesse explicar a exceção — às vezes, um carro já sofreu o suficiente. É velho demais, enferrujado demais, amassado demais para voltar à sua forma original. Toda peça boa é arrancada, vendida para quem der mais. Obsoleto a ponto de ninguém nunca mais vir procurar por suas peças de novo. Isso é um pensamento triste, certo? O dia virá quando ninguém mais perguntar por você, nunca mais. Isso acontece com os carros sentados no meu ferro-velho o tempo todo e quando acontece... eles vão para o triturador.

O próprio triturador é uma relíquia de um tempo mais antigo. Eu o comprei um ano depois de ter comprado o ferro-velho e ele mal funcionava. Ele tinha sofrido abuso demais nas mãos do dono que não cuidou bem dele, as engrenagens e os mecanismos internos estavam rachados e corroídos, o lado de fora estava manchado com o óleo de milhares de carros esmagados. Seu sangue manchava a máquina que os tinha amassado em cubos de 18 polegadas. Levei um ano de fins de semana para colocar o triturador em estado funcional e, por todo esse tempo, as carrocerias anciães de carros esquecidos entravam na fila para serem as primeiras vítimas das mandíbulas hidráulicas da coisa.

Imagine ser um desses carros. Ser apertado com tanta força até ser resumido à largura de seus ossos — deve ser como estar no centro da terra. Agora, imagine que o triturador de carros adquiriu, de repente, um gosto por sangue humano e ele veio atrás de *você* — o carnudo saquinho de carne que você é. Você não teria chance alguma contra isso. *E foi isso exatamente o que aconteceu.* Eu cheguei à cerca de ferro, ouvi o uivo semelhante ao do lobo e lá estava ele — o triturador de carros, tinha ganhado vida e estava vindo atrás de *mim*.

Suas mandíbulas hidráulicas gigantescas estavam olhando na minha cara, escancaradas, largas o bastante para devorar a mim e ao Buick ao mesmo tempo. Uma luz vermelha estava emanando do centro, como se o triturador tivesse fogo do inferno no seu âmago. Eu tropecei para trás, tentando recuperar o equilíbrio enquanto a coisa monstruosa descolava suas ancas mecânicas e começava a se mover em minha direção. Eu nem sei por onde começar a explicar como aquilo estava se mexendo, apenas saiba que não era de forma nem um pouco natural. Era como se peças daquilo estivessem se destacando, levantando-o do chão, para depois desaparecerem novamente nos mecanismos internos da máquina, assim que aquilo voltava ao chão de terra do ferro-velho. Mais parecido com uma aranha do que com um carro. Eu sou péssimo em desenhar, mas essa é aparência que aquilo tinha quando estava sentado no chão:

Saco. Isso não ficou nada parecido. Confie em mim, era tão assustador como todo o inferno. A coisa devia pesar cinco toneladas, fácil, e poderia achatar uma caminhonete em poucos segundos — e, agora, estava vivo, uivando como um lobo enlouquecido por sangue e me perseguindo pelo meu ferro-velho.

Tenho que admitir que esse foi um ponto baixo para mim. Não existiam muitos jeitos de virar a situação a meu favor. Eu corri em direção às luzes dos faróis dos carros, pensando que seria melhor tentar se esquivar entre vários inimigos e esperando que eles obstruíssem o caminho uns dos outros em seus esforços para me esmagar do que ir *mano a máquina* com o triturador. Eu tinha presenciado o poder das mandíbulas daquela coisa e eu não queria que fosse eu lá dentro, sendo transformado em um panini.

Quando cheguei ao centro do semicírculo de carros assassinos, ouvi o barulho do triturador bem atrás de mim quando ele bateu com força contra uma pilha de pneus. Um segundo depois, uma pilha de portas de carro explodiu quando o triturador começou a trabalhar nelas, também. Alguns pneus errantes e portas caíram dentro da boca aberta do triturador e ele as achatou num instante. Sua animação através da mágica parecia tê-lo feito mais forte do que antes, e isso não me agradava nem um pouco.

Os carros começaram a se dispersar, o que foi uma pequena misericórdia. Se eles não tivessem, eu não sei o que teria feito – morrido, eu acho. Enquanto meu Chevelle dava meia--volta, eu vi o buraco na parte traseira e percebi que o triturador deve ter feito aquele dano – ele estava, literalmente, tirando pedaços dos carros do ferro-velho. *Que diabos estava acontecendo? Que jogo doentio era esse?* Eu agachei entre dois dos carros, ambos se lançaram para cima de mim, colidindo suas grelhas do radiador uma na outra com um barulho metálico ruidoso, falhando em atingir minha bunda por um fio. Outro carro, um Ford Pinto*, estava vindo em minha direção, o farol alto tão claro que eu não conseguia ver nada a não ser o veículo da morte se aproximando. Eu tentei desviar para a esquerda, mas eu tropecei numa raiz torcida de uma árvore que eu tinha dinamitado para fora do ferro-velho logo quando eu o comprei. *Eu deveria ter feito um trabalho melhor em tirar as raízes,* pensei, mas não havia tempo

* Carro produzido pela Ford entre 1971 e 1980. (N. do E.)

para olhar para o próprio umbigo. Levantei e saí em disparada em direção à minha casa, olhando para trás a tempo de ver o triturador mordendo um carro que estava me perseguindo, a trituração de metal contra metal misturada com um grito animalesco enquanto o Ford Pinto era achatado. Faíscas saíram da boca do triturador, junto com um *spray* de óleo de moto e fluído de transmissão provenientes das veias de metal do carro.

Quando você leva seu carro para o triturador, você já arrancou dele todas as partes valiosas e isso inclui qualquer gasolina no tanque ou óleo nos mecanismos internos. Enquanto mais faíscas voavam da boca do triturador, eu tive meio segundo para contemplar o quão perigoso era esmagar um carro que ainda tinha combustível no tanque antes de uma torrente de fogo e estilhaços irromper do Ford Pinto. Um pedaço de ferro retorcido cortou a minha panturrilha esquerda — eu ainda tenho a cicatriz até hoje. Manquei para longe da explosão, esperando que ela tivesse acabado com o triturador também, mas não tive tanta sorte. A besta gigantesca de aço emergiu do fogo, enegrecida pelas chamas, mas ainda inteira e mais puta do que nunca. Eu estava apenas a vinte metros da minha casa, mas estava começando a compreender que a minha porta da frente não seria o bastante para manter o triturador à distância.

Segui reto para o barracão de trás, onde esperava achar algum tipo de arma que conseguiria fazer um estrago na besta. Acho que o barracão não é bem um barracão, mas um puxadinho, uma área pequena de trabalho com um telhado de metal ondulado, um lugar sombreado onde consigo trabalhar um pouco sem ser tostado vivo pelo calor do verão da Dakota do Sul. O problema era que eu não tinha nada maior que uma serra elétrica lá dentro e o triturador estava a menos de dez segundos de me alcançar. Isso foi antes de eu ter comprado um lançador de granadas, sabe — na verdade, o triturador foi a razão por eu ter comprado um lançador de granadas. Peguei a serra elétrica, liguei o motor, mas eu sabia que era inútil. Se um Ford Pinto explodindo não foi o bastante para derrotar o triturador, nada no meu arsenal iria servir de muita coisa. Eu tinha, talvez, cinco segundos sobrando.

Vamos rever o que eu sabia sobre minha situação:

- Eu, recentemente, tinha emputecido um brincalhão, um ser com poderes quase divinos e um pavio muito curto.

- Eu parecia estar sofrendo um retorno cármico por todas as coisas ruins que tinha feito com os carros no meu ferro-velho, o que soa muito como "você mereceu", o que se alinha com o perfil do brincalhão.

- Brincalhões gostam de matar pessoas de jeitos inovadores e fora do comum e isso encaixava. Ou ao menos, encaixaria, uma vez que o triturador tivesse me transformado em pasta.

- Agora me restavam dois segundos.

Então aqui vai a lição real:

Há horas nas quais você está fudido demais para continuar lutando. As probabilidades não estão a seu favor, o monstro com o qual você está lutando é grande demais e cheio de dentes (isso é bem específico à minha linha de trabalho; sua experiência pode ser outra). Mas com um segundo restando em meu relógio, eu ainda não tinha desistido. Danem-se as probabilidades.

Pulei com máxima potência para longe do barracão improvisado, que se estilhaçou em milhões de pedaços quando o triturador o atingiu. O barulho de metal despedaçado e madeira destroçada encheu meus ouvidos enquanto eu rolava para longe e vi o que eu estava procurando. Uma viga de madeira. Não é o que você estava esperando?

Eu estava lutando contra um brincalhão e apesar de ele estar se manifestando como um gigante e pesado compressor industrial, ele ainda tinha que seguir suas próprias regras — as regras de

Anansi. Afinal, o triturador estava se mexendo como uma aranha — se Anansi tinha tomado a forma de qualquer coisa naquele quintal, era do triturador.

Folclore sobre o brincalhão: pode ser morto por uma estaca mergulhada no sangue de uma de suas vítimas.

Isso era tudo o que eu precisava saber. Uma viga não é nada mais do que uma estaca de madeira gigante.

Quanto ao sangue da vítima do brincalhão — eu estava perdendo sangue rápido do corte da minha perna, mas ainda não estava morto. Eu tinha apenas uma chance para matar essa coisa e não tinha certeza de quão literalmente deveríamos interpretar "vítima" para tornar o brincalhão vulnerável. No ferro-velho, os destroços achatados do Ford Pinto ainda estavam queimando no local onde o triturador o tinha largado. O que tinha sobrado dele, de qualquer jeito. Eu podia ouvir o triturador mastigando seu caminho através dos obstáculos enquanto ele me perseguia, mas ele não virou para trás. Se ele ia conseguir me alcançar antes de eu alcançar o Ford Pinto, eu preferia não saber até ser tarde demais. Esses eram os momentos finais do segundo tempo e eu não teria outra chance.

Óleo de motor estava se acumulando embaixo da carcaça mutilada do Ford Pinto. Eu escorreguei para o chão do lado dele, embebendo o pedaço de madeira com a maior quantidade possível daquele troço, o estremecente *nhac nhac* do triturador cada vez mais perto. Se Anansi tinha dado vida aos carros apenas para matar alguns deles ele mesmo, eles, com certeza, contavam como vítimas.

Satisfeito em ter conseguido cobrir a viga com bastante "sangue", me virei — e estava, de repente, dentro das mandíbulas do triturador. Ele cavou no chão embaixo de mim, me levantando no ar junto com uma grande quantidade de terra antes de começar a mastigar. Eu fiquei desnorteado, não tinha como saber qual era o caminho para cima e qual era o para baixo, tudo o que eu sabia era que o mundo em minha volta estava diminuindo, diminuindo, diminuindo...

De soslaio, vi a viga de madeira, apoiada em cima de uma pilha de terra no compartimento interior do triturador. Com a lamentação hidráulica perturbando meus ouvidos, coloquei a viga entre a placa de metal inferior e a superior, cruzando os dedos para que isso tivesse algum efeito, mas ela quebrou no meio quase imediatamente. Foi aí, *aí* que eu estava realmente, verdadeiramente ferrado. Por um segundo, vi o rosto de Karen. Eu estava pronto. Um grito monstruoso foi a última coisa que ouvi, então...

Eu estava sentado no chão do ferro-velho e tudo estava quieto. À distância, vi o triturador. Inerte. Parado no seu canto como se fosse qualquer outra noite.

Das sombras, um homem emergiu. Anansi, na forma de viúvo de Calico Rock. Ele estava segurando sua mandíbula, como se acabasse de ter recebido um soco.

"Bobby Singer", ele disse. Nunca é um bom sinal quando um monstro sabe seu nome.

"Anansi", eu respondi, com a certeza de que eu ia ser transformado em um pneu ou um volante ou alguma coisa absurda do gênero.

"Aquilo foi esperto", ele disse. "Usar o óleo. Eu não tinha pensado nisso, se aquela tábua não tivesse quebrado, eu estaria em apuros."

"E aí, você não conseguiu me esmagar?", perguntei. "Você só vai falar até que eu morra agora?"

O que ele falou em seguida, eu teria dito até recentemente que era algo que eu nunca iria esquecer. Agora, eu não tenho tanta certeza. Ele disse, "Bobby, eu te entendo. O que você faz, alguém tem que fazer isso. Não é tão diferente do trabalho que eu faço."

"E que trabalho é esse?"

"Corrigir o que está errado", ele disse. "Cuidar do meu povo, não importa o quão longe os ventos os tenham espalhado."

Balancei minha cabeça. Eu não podia acreditar. "Explodir velhas não é corrigir o que está errado, é assassinato. Chame a polícia da próxima vez."

"Você tentou me assassinar", ele disse e ele meio que tinha razão. "Nas margens do mundo, a única justiça é a justiça dos justiceiros e os caçadores sabem disso há milhares de anos. O que você não sabe é que... você não está no topo da cadeia. Todo mundo pensa que é o leão, mas alguém tem que ser a gazela."

"Isso faz de você um leão?", perguntei.

Ele acenou com a cabeça. "Um dos leões."

"Então o que foi tudo isso? Uma lição?"

"Uma advertência."

Anansi queria que eu continuasse caçando. Ele fez tudo voltar ao normal, menos minha perna, da qual ele disse que eu precisava cuidar sozinho. Sua advertência era simples: não achar que eu era a única força por aí tentando consertar as coisas. E não me esquecer, nem por um segundo, que existiam coisas no mundo que podiam me quebrar no meio como um graveto.

Depois que Anansi foi embora, dei uma olhada no ferro-velho, em todos os carros, agora descansando em paz. Sua lição tinha funcionado — eu nunca mais iria achar que eu era o rei desse lugar. Sempre haverá algo maior que você, mais forte que você. E eles, provavelmente, estão mais próximos do que você pensa.

E AÍ, EU CORRI

EU ESTAVA LÁ FORA, AGORA HÁ POUCO, olhando o para-brisa do Chevelle, a palavra "Karen" riscada no vidro, e aí caiu a ficha. Esse pode ser o fim. Minha última dança, minha última caçada, minha luz está se apagando. A hora final chegou. Talvez tudo o que "Karen" significa é que eu estarei com ela logo. Isso me dá um pouco de consolo.

Há uma razão para eu não ter contado o resto da história de Karen antes. Não começou bem e, também, não acabou bem. É importante, porém, o resto dela... Vai tornar claro quem eu realmente sou e esse é o objetivo todo dessa coisa, não é? Divulgar a história toda para que as pessoas não tenham a ideia errada das razões de eu ter feito as coisas que eu fiz. Além do mais, eu não tenho nenhuma outra pista nesse momento, apenas essa única palavra. Apenas Karen. Então, é assim que a história terminou.

Entenda, depois de Rufus ter exorcizado o demônio do corpo de Karen, ele me deu um curso para iniciantes, Introdução aos Monstros. O mesmo curso para iniciantes que eu estou dando para vocês, porém, ele não me poupou das coisas mais terríveis, ele não me poupou de nada. Ele me contou coisas que tinha visto no exercício de suas funções que me fizeram passar mal e eram só as coisas de nível básico. Rufus tinha um propósito por trás desse despejo de informações macabras: por alguma razão, ele achou que eu tinha potencial.

Rufus estava perseguindo o demônio por vários Estados, conhecia seu perfil, então ele estava esperando encontrar um banho de sangue em minha casa. Ele tinha visto sinais (que eu também tinha visto, mas descartei como sendo só o tempo de Dakota do Sul) e ele os seguiu até a minha porta da frente. O que ele achou do lado de dentro não condizia com suas expectativas — sim, tinha sangue, mas não era o meu. Eu não tinha conseguido expulsar o demônio, mas tinha conseguido me proteger dele e acho que Rufus viu alguma coisa nisso. Pensou que eu faria um caçador decente, se eu recebesse um treinamento adequado. E, por acaso, Rufus estava começando a se sentir solitário na estrada e estava procurando uma parceria com um caçador experiente, acontece que a maioria dos caçadores não é do tipo extrovertido. Todos com quem ele tinha falado sobre o assunto tinham descartado a possibilidade sem pensar duas vezes. Treinar um parceiro pareceu, de repente, imensamente mais fácil do que recrutar um veterano.

Rufus era diferente da maioria dos caçadores — ele tinha uma família. Ele tinha uma espécie de namoradinha em Omaha por quem ele era loucamente apaixonado, mas de quem ele não suportava ficar perto. Ele tinha uma filha com ela que estava com nove ou dez anos quando a gente se conheceu. Rufus nunca se casou com a namorada (por escolha dela, não dele), mas eles eram uma família como outra qualquer, com apenas algumas idiossincrasias, como, por exemplo, o fato de ele nunca estar em casa e de que, quando ele estava, ele punha cabeças de monstros na mesa e não comida. Tanto a namorada quanto a filha sabiam o que ele fazia, e ambas o apoiavam (bem, o tanto que você pode apoiar um amado seu que se põe em perigo mortal semanalmente).

Acho que ele me viu como uma alma gêmea, decidiu ser meu mentor, mas depois de algum tempo de "Hora da história com Rufus", eu tinha ouvido o bastante. Eu disse para ele em termos bem claros que queria que ele fosse embora, me deixasse com minha esposa morta e me deixasse lamentar a sua morte. E foi aí que ele me contou a pior parte. Uma vez que você descobre sobre a existência dessas coisas, elas não param de atacar. O demônio tinha sido exorcizado, mas não morto. Ele ainda estava por aí e podia voltar a qualquer momento. O pior é que outras coisas começam a te encontrar também. Como se houvesse um cheiro de loucura em você, todos os tipos de criaturas vão sair da toca depois de uma experiência como essa. Eu sei, agora, que ele estava exagerando — a maior parte das pessoas podem voltar a viver suas vidas na ignorância, fingindo que elas não viram as coisas horríveis que viram, mas, naquele momento, pareceu que ele estava me dando uma sentença de morte. Além de a minha esposa estar morta, também não havia como eu continuar minha vida. Minhas opções, segundo ele, eram ir para a prisão por causa do assassinato da minha esposa ou começar a caçar com ele.

Não tenho muito orgulho disso, mas escolhi a terceira opção. Eu fugi.

Depois de Rufus ter me ajudado a me livrar do corpo de Karen, do sangue e das autoridades, eu fugi no meio da noite. Arrumei uma sacola quando Rufus estava esfregando o sangue no chão da cozinha e isso foi tudo o que levei comigo. Dirigi em direção ao Oeste, para a Califórnia, lugar que Karen sempre quis visitar. Ela tinha família na Costa Leste, mas nunca tinha visto nada ao oeste das Montanhas Rochosas. Quando entrei no Colorado, eu teria dado tudo para tê-la no banco do passageiro. Para que ela pudesse ver o sol nascendo sobre as montanhas, o céu azul e claro... Não quero ficar todo sentimental, mas, enquanto eu dirigia, fiz um pacto comigo mesmo. Eu iria fazer o que pudesse para esquecer o que eu tinha visto e continuar a viver minha vida como o homem com quem Karen havia se casado. Eu deveria ter suspeitado que isso não seria possível.

Saí sem ter nenhum destino em mente, apenas tinha o desejo de ir o mais longe possível de Sioux Falls e de Rufus. Isso me deixou com muitas opções — em cada bifurcação, tomava uma decisão em uma questão de segundos, direita ou esquerda, Norte ou Sul, a civilização ou no meio do mato. Na maior parte das vezes, o meio do mato ganhou. Não havia muito que eu quisesse dizer para as outras pessoas naquele momento — ninguém podia trazer minha esposa de volta, então de que adiantaria? Passei uma semana num acampamento nas Montanhas Rochosas, sobrevivendo de pequenos animais (eu tinha um rifle de caça no meu carro quando saí de casa) e evitando os moradores locais. Até isso era próximo demais de casa. Eu tinha ido acampar com Karen algumas semanas antes e essa memória não parava de surgir na minha cabeça, não importa o quanto eu tentasse me distrair. Principalmente com bebida, se você está se perguntando. Eu tinha que ir para mais longe, algum lugar que não tivesse conexão alguma com a minha antiga vida.

Foi só quando cheguei às colinas com vista para São Francisco que um destino me veio à mente — um cargueiro chamado *Nishigo Maru*, vindo do Japão, que estava ancorado no estaleiro de navios. Não dava para ficar muito mais longe de Dakota do Sul do que o meio do Oceano Pacífico. Eu sempre quis pegar um navio a vapor para algum lugar exótico; a perspectiva de uma jornada longa como essa me acalmava, nada além do mar à sua volta, a brisa salgada soprando em sua barba. Eu não sabia bulhufas sobre navios, mas eu sabia o bastante sobre motores para ter utilidade, então achei que valia a pena tentar.

Para sua informação, Rufus estava certo sobre uma coisa — para mim, ao menos, não havia como escapar da vida de caçador. Eu tinha atravessado uma ponte de uma mão só para o mundo do sobrenatural, e quando pensei em dar meia-volta, centenas de aberrações e monstruosidades diferentes tinham me seguido. Eu posso ter achado que estava fugindo deles. Eu não estava. Eu estava mergulhando bem no meio deles.

NISHIGO MARU

O IMEDIATO DO *NISHIGO MARU* ERA UM CARA chamado Yoshiro. Eu o encontrei no bar local, no qual ele estava bebendo até cair para comemorar a saída iminente do cargueiro. Não foi muito difícil convencê-lo de que eu seria uma boa adição à tripulação, principalmente depois de ele não ter dinheiro para cobrir sua conta e eu me oferecer para pagar. Eu deveria me apresentar no navio no dia seguinte e conhecer o capitão, quem Yoshiro garantiu ser um homem muito sensato e compreensivo. Sem nenhum lugar melhor para ir, decidi me certificar de que Yoshiro ia chegar ao navio são e salvo, para que eu pudesse conhecer o capitão na mesma noite. Eu fico feliz que o fiz, porque o navio estava se preparando para sair do porto quando chegamos. Eles haviam sido avisados pelo serviço de meteorologia que uma grande tempestade chegaria a São Francisco no dia seguinte e o capitão queria evitá-la se possível. Yoshiro foi o último membro da tripulação a retornar e tinha perdido o toque de recolher por várias horas.

Por trazer de volta o bêbado babão ao navio, eu já havia caído nas graças do capitão, mas ele não precisava de mãos extras na casa de máquinas. Ele simpatizava com meu desejo de achar um trabalho, mas não tinha como pagar por mais um membro na tripulação. A promessa bêbada de Yoshiro não seria honrada. Já que eu não estava de muito bom humor para começo de história, isso foi um golpe forte. Fiquei em pé no escritório do capitão, encarando sua coleção de livros e mapas. Eu me perguntei como seria ter lido tantos livros, saber tanto sobre o mundo. Olhando para trás, a biblioteca do capitão empalidece em comparação com a que eu tenho agora, mas naquela época foi muito impressionante.

Saí do escritório do capitão sem nenhum plano. Em algum momento, eu ia ter que arrumar um emprego. Provavelmente como um mecânico em uma oficina, e visto que meu dinheiro estava acabando, teria que ser uma nas proximidades. O pensamento quase me matou. Eu não conseguia me imaginar indo trabalhar de 9h às 17h, sem poder encontrar Karen quando chegasse em casa no final do dia. Sair do país era a única coisa que parecia certa. Uma vez que a semente foi plantada, era tudo em que eu conseguia pensar — tinha que ir para algum lugar onde nada iria me lembrar dela. Dei meia-volta e invadi a cabine do capitão, expus o meu caso. Contei para ele que eu havia perdido tudo o que um dia amei, que eu era um homem quebrado, toda a história triste. Eles continuavam não tendo trabalho para mim, ele disse. Falei que compraria um lugar no navio se fosse necessário, mas como eu tinha dito, meu dinheiro estava quase acabando. Eu só tinha meu carro para oferecer, mas isso foi o suficiente. Felizmente, o capitão era um fã de Chevelles. Entreguei minhas chaves a ele e disse onde o carro estava estacionado no pátio do porto. Quando *Nishigo Maru* retornasse do Japão, ele pegaria seu carro novo. E, se eu ficasse entediado, a minha ajuda na casa de máquinas seria bem-vinda. Mas eles não iam me pagar um singelo iene pelos meus serviços. Isso era bom o bastante para mim, contanto que eu pudesse comer no refeitório da tripulação. Eu não precisava de dinheiro.

Deixamos o porto em uma hora, mas não senti nenhum alívio. Do convés, vi as luzes de São Francisco desaparecendo no horizonte escuro e tudo continuou o mesmo. Minha mulher ainda estava morta.

Na manhã seguinte, comi um café da manhã japonês de peixe assado e algas secas absolutamente nojentas. Honestamente, se é para comer algas, eu acho que preferiria que elas estivessem ainda molhadas e pingando. Pelo menos, a água salgada iria disfarçar um pouco o gosto. Depois de engolir a comida, fiz uma visita autoguiada no navio e fiquei impressionado. Ele era um cargueiro levando *containers* — havia centenas de *containers* a bordo, a maioria estava vazio após terem desembarcado a carga de televisões, *consoles* e carros compactos em São Francisco. Eles iam recarregar no Japão e voltariam em um mês.

A tripulação tinha a vida dos nômades antigos, indo do Leste ao Oeste e trazendo tesouros de cada parte através do mar. Essa é a versão polida da história. A verdade é que eles eram mais parecidos com um bando de piratas. Dean Winchester poderia ter ensinado algumas maneiras a essa cambada e isso é dizer muito. Os oficiais eram normais, mas a tripulação tinha estado no mar por demasiado tempo e isso os tinha transformado em animais hormonais e grosseiros. Quando dois ou mais se juntavam, parecia o vestiário da sétima série. Eu não conseguia imaginar como eles deviam agir quando estavam aportados no Japão, onde eles conheciam a língua — o inglês deles era tão fajuto que eu não os via indo longe com mulheres americanas, mas não pela falta de tentativa e, bem, algumas mulheres dão mais importância à persistência do que aos modos.

Na minha segunda noite a bordo do *Nishigo Maru*, nós acabamos bem no meio daquela tempestade que tínhamos tentado evitar ao sair cedo. Eu não achava que tinha enjoo de movimento, mas experimente segurar sua alga seca após ter sido balançado por ondas de dez metros. Enquanto eu tentava parar o vômito, notei que minha sacola tinha caído da estante, revelando seu conteúdo. Algumas camisetas, algumas cuecas e um pequeno saco de couro que eu nunca tinha visto. Eu o catei e notei algumas marcas na sua lateral — um pentagrama e alguns rabiscos em uma língua que eu não conseguia entender. Mas eu tinha certeza de que não era japonês, o que significava que não era do *Nishigo Maru*. Deve ter parado na minha sacola antes de eu entrar no navio, mas quando?

Abri a bolsa e achei vários ossos pequenos e uma coleção de ervas do lado de dentro. Mesmo sendo um leigo, sabia que aquilo cheirava a bruxaria e isso significava uma coisa — Rufus o tinha posto ali. Ele deve ter encontrado minha sacola depois de eu tê-la arrumado e adicionou o saco de feitiço. Não sabendo nada sobre o propósito do saco, achei que servia para acompanhar os movimentos de alguém, localizar esta pessoa ou, até mesmo, espiar o que ela estava falando. Depois do que eu tinha visto nas últimas semanas, qualquer coisa era possível.

Sem pensar duas vezes, vasculhei minha sacola e encontrei um punhal de prata e um livro de feitiço, e eu não tinha posto nenhum dos dois lá. O fato de eu só tê-los achado na minha sacola uma semana depois de ter deixado Sioux Falls deve tornar aparente a frequência com a qual eu estava mudando de roupa — foram tempos sombrios e fedorentos para mim, não tenho orgulho disso.

Levei o saco de feitiços, o livro de feitiços e o punhal para o convés, onde as ondas gigantes estavam batendo nos *containers* de carga. Yoshiro e alguns marinheiros estavam colocando botes salva-vidas no convés para o caso do navio afundar e nós termos que abandoná-lo. Essa ideia não me parecia muito atraente a centenas de quilômetros da costa, mas eu tinha uma missão a cumprir. Cheguei o mais perto da borda do navio que consegui sem ser arrastado para o mar e joguei aquela merda mágica na água.

Achei que um alarde maior deveria ter acontecido naquele momento, uma trombeta soando ou uma explosão de luz quando elas bateram na água... um grande respingo, no mínimo, mas nada disso aconteceu. O troço simplesmente desapareceu no meio das ondas e nunca mais foi visto pelos homens. Uma quantidade pequena de peso foi retirada dos meus ombros, mas a maior parte permaneceu. Yoshiro e os marinheiros olharam para mim como se eu fosse louco e retomaram seu trabalho.

Abaixo do convés, tentei pegar no sono, mas era impossível. Eu não conseguia nem permanecer na minha cama com o balanço do navio nas ondas. Em vez disso, sentei e joguei cartas com um baralho abandonado pelo ocupante anterior do quarto e pensei no quão diferente minha vida era agora do que a uma semana e meia atrás. E aí, eu vomitei por causa do enjoo. A vida não é bonita.

De manhã, temia ir para o refeitório. Mais peixe assado e algas marinhas. Enquanto eu colocava uma porção no meu prato, a chefe apareceu da cozinha do navio e sorriu para mim. Ela era uma senhora de cerca de 65 anos, o que explicava o fato de eu não a ter visto fraternizando com o resto da tripulação (os selvagens) no dia anterior. Ela deve ter conseguido ler minha expressão, porque ela pegou meu prato e jogou a comida fora. Disse-me que ia pegar algo que me agradaria mais — se ela tivesse qualquer outra coisa naquela cozinha, não seria difícil que eu gostasse mais disso do que de algas marinhas.

Quando ela voltou, o prato estava cheio de ovos mexidos e bacon. Aquela mulher foi minha salvadora. Ela falava um pouco de inglês, então nós nos conhecemos um pouco durante o café. O nome dela era Keiko, nome que soava bem. Ela estava no *Nishigo Maru* há alguns meses, mas tinha estado no mar a sua vida inteira. Seu pai era um pescador de alto-mar e, muitas vezes, levava seus filhos nas suas longas viagens de pesca. Ela era o tipo de mulher que sabia, realmente, contar uma história e eu a ouvi falando por horas. Com o fim do horário do café da manhã, nenhum de nós tinha muito a fazer no navio até o almoço, então comparamos nossas histórias de vida. Eu deixei de fora o capítulo mais recente da minha, já que não queria ser lançado ao mar por ser um lunático furioso.

Aquela conversa parecia com a primeira coisa humana que tinha me acontecido desde que Karen morreu. Quando voltei à casa das máquinas, devo ter passado dez minutos sem pensar em quão terrível era a vida.

Yoshiro veio aos meus aposentos naquela noite, uísque em seu hálito. Provavelmente, por volta das duas horas da manhã.

Ele me disse que alguns homens iam vir me fazer umas perguntas e que eu tinha que dizer a verdade. Sem ter ideia do que ele estava falando, sorri educadamente e fechei a escotilha na sua cara.

Dez minutos depois, dois homens corpulentos abriram a escotilha sem bater e entraram sem permissão. Um deles tinha uma pistola no coldre, o outro era intimidante o bastante sem estar armado. Eles falavam rapidamente um com o outro em japonês e eu não entendi uma palavra. Quando eles finalmente se voltaram para mim, abaixaram seus olhos e falaram como se estivessem se dirigindo a uma criança.

"Onde está Tamuro-san?", eles latiram. Tamuro era o capitão. Aparentemente, eles tinham ido aos seus aposentos para reportar sobre um alerta de tufão, mas ele não estava lá. Eles procuraram no navio inteiro, não havia nenhum sinal dele. Todos a bordo sabiam que Yoshiro era bêbado demais para começar um motim, então todos os olhos se voltaram para o cara estrangeiro que tinha acabado de embarcar.

Minha primeira reação — talvez eu *tivesse* sido a causa de seu desaparecimento. Talvez o demônio tenha achado seu caminho de volta do inferno ou para onde quer que ele tenha ido e me seguiu até aqui. Não que eu pudesse contar isso para os meus interrogadores japoneses musculosos. Aleguei inocência de todos os modos que podia, mas eles não acreditaram. Eles não tinham nenhuma prova também, então, por enquanto, eu não ia ser trancado em uma cela.

Na manhã seguinte, bem cedo, fui ao refeitório esperando encontrar uma face amiga. Keiko já tinha aprontado meu prato de ovos. Ela era como a minha mãe, mas, você sabe, mais *simpática*. Contei para ela o que tinha acontecido na noite anterior e ela foi solidária. Ela sugeriu que eu tomasse cuidado com o resto da tripulação, já que todos eles eram extremamente leais a Tamuro-san. Se eles achavam que eu o tinha matado, bem, eu teria problemas. Quando ouvi os outros membros da tripulação andando no corredor em direção ao refeitório, saí discretamente. Não havia sentido em começar algo por um prato de ovos. Passei por alguns deles no corredor, eles apenas acenaram a cabeça para mim, cautelosamente. Não zangados, mas desconfiados.

Yoshiro, por outro lado, teria me matado se ele pensasse que pudesse se safar disso. Ele tinha certeza de que eu tinha retribuído a gentileza do capitão com violência e já que ele estava, agora, no comando do *Nishigo Maru*, isso criaria problemas para mim. Eu fiz uma nota mental para lembrar de evitá-lo, mas há apenas uma quantidade limitada de lugares para se esconder em uma lata. As próximas duas semanas seriam duras.

Senti a obrigação de investigar o desaparecimento de Tamuro. Se ele estivesse relacionado ao demônio, eu tinha que fazer alguma coisa sobre isso. Rufus tinha me ensinado o básico do exorcismo de demônios, mas joguei o livro que ele tinha me dado no mar. Pareceu-me uma atitude estúpida quando precisei dele. Depois de vasculhar o navio à procura de rastros de enxofre e áreas frias, percebi o quão insensata aquela coisa toda era. Era bem mais provável que Tamuro tivesse ficado bêbado e caído do convés superior. Trabalhar em um navio assim cansa uma pessoa, isso era mais claro que o dia. Eu teria previsto que Yoshiro seria quem faria isso comigo, mas todos nós temos nossos demônios. Bom, demônios no sentido metafórico. É difícil utilizar essa frase quando, na maior parte das vezes, você quer dizer ela literalmente. Quando não achei nenhuma evidência de envolvimento sobrenatural, desisti e passei o resto do dia enfurnado no meu quarto. Não ia adiantar de nada cutucar a onça com vara curta e enfiar meu nariz na casa de máquinas.

Encontrei com Keiko depois do jantar, ouvi mais histórias sobre sua família. Ouvir histórias sobre a vida de alguém tinha um efeito calmante, especialmente uma tão diferente da minha. Ela sabia todo o folclore japonês sobre o mar — um assunto extenso — e conseguia passar horas falando sobre isso. Ouvi sobre a serpente marinha mítica Ikuchi, que costumava atacar navios navegando entre as ilhas japonesas. Ela não tinha sido avistada por anos, então é claro que a sabedoria comum dizia que ela nunca tinha sequer existido — que era apenas um mito que um pescador inventou para passar as longas horas no mar. Desde meu encontro na semana anterior, eu estava muito mais disposto a aceitar a existência de coisas que, do contrário, seriam inacreditáveis, e isso incluía monstros marinhos. Ikuchi podia estar por aí, ficando na sua, esperando o dia em que seria seguro o bastante retornar à superfície. Ou, talvez, aqueles pescadores só tenham visto uma baleia grande. De qualquer maneira, era uma distração bem-vinda.

Embora eu pudesse ter me contentado em continuar ouvindo sua conversa fiada, Keiko também queria ouvir as minhas histórias. Em particular, ela queria saber como um cara como eu tinha acabado em um cargueiro japonês a milhares de quilômetros de distância de casa. Eu acho que você consegue tirar o garoto de Dakota do Sul, mas você não consegue tirar Dakota do Sul de dentro dele. Contei o máximo que aguentei, que minha esposa tinha sido morta e que eu não conseguia mais suportar ficar naquela casa. Eu disse o quanto amava Karen, como era difícil de imaginar envelhecer sem ela. Coisa engraçada, "velho" pra mim então significava a idade que tenho agora. E agora, bem... caçadores não ficam velhos. Nós todos morremos jovens. Então acho que isso significa que ainda sou jovem.

Pude notar que Keiko estava desconfortável com a minha história — e quem não estaria? — mas fico grato por ela não ter feito nenhuma pergunta difícil. Algumas pessoas na sua situação teriam suspeitado de que eu estava fugindo por razões menos sentimentais do que eu as que tinha afirmado. Caramba, se alguém tivesse me contado essa história lamuriosa, eu, com certeza, iria achar que essa pessoa tinha matado a esposa em questão e tinha pulado em um barco para o Japão para escapar da justiça. Tudo o que Keiko queria saber é se eu pensava que veria Karen de novo. Eu disse para ela que realmente esperava que isso acontecesse, mas isso era tudo o que eu podia dizer com certeza. Mal sabia eu que iria ver Karen de novo na Terra e que eu teria que passar pelo processo de perdê-la mais uma vez – que eu teria que matá-la mais uma vez.

Quando eu estava me aprontando para deitar, Keiko me ofereceu um gole de um vinho de arroz que ela tinha escondido debaixo de sua cama. Era uma coisa forte, mais forte do que uísque. Eu acho que você nem podia chamar aquilo legalmente de vinho, era mais uma aguarrás que o deixa bêbado, mas era melhor do que estar totalmente sóbrio.

A última coisa que eu queria fazer era contar para ela sobre o demônio, mas quando o álcool e a dor se misturam, é uma combinação potente. Depois de duas ou três doses, comecei a falar e não parei. Cheguei até meu medo paranoico de que o demônio tivesse me seguido até o *Nishigo Maru*, antes de ela segurar minha mão e falar que precisava descansar.

Quando cheguei ao meu quarto, desmoronei. Eu nem estava tão bêbado, mas não me lembro de muito mais coisas sobre aquela noite... a não ser ter considerado brevemente a possibilidade de subir ao convés e deixar uma onda me levar. As coisas só se tornaram reais para mim quando disse tudo em voz alta para Keiko. Eu nunca conseguiria voltar a ser só um mecânico. O que quer que eu acabasse sendo, teria que ser um eu completamente novo. Um Bobby Singer que seria um estranho para o homem que eu fui por décadas.

Em alguma hora da manhã, a roda da escotilha girou e a porta foi escancarada. Eram aqueles homens corpulentos novamente, mais Yoshiro. Ele não tinha se barbeado e parecia que tinha ficado acordado a noite inteira, o que ele tinha feito de fato. Outro membro da tripulação tinha sumido, dessa vez, da casa de máquinas. O engenheiro estava sozinho em seu posto quando desapareceu e sua ausência só foi notada quando os alarmes de superaquecimento começaram a soar na ponte. Com ninguém manejando os controles na casa de máquinas, os rotores tinham ficado girando à máxima potência por muito mais tempo do que eram capazes. *Nishigo Maru* estava morto na água.

Já que eu havia me interessado em um trabalho na casa de máquinas, fui, de novo, o primeiro e único suspeito. As coisas estavam começando a ficar sérias e eu estava me imaginando sendo amarrado a uma âncora e lançado ao mar. Yoshiro, inclusive, chegou a me bater quando ele não ficou satisfeito com as respostas que dei às suas perguntas. Contei para ele tudo o que podia e esperei que eles não perguntassem à Keiko sobre o que tínhamos falado na noite anterior.

Quando eles me arrastaram para a cela, eu até fiquei aliviado. Significava que eles não iam me matar logo de cara, então as coisas estavam correndo bem. A cela em si não era o que eu tinha imaginado, era mais um armário do que uma cela de prisão, com uma abertura de metal na porta para possibilitar a passagem dos pratos de comida. Já que os motores não estavam funcionando, as luzes estavam apagadas na cela/armário, o que tornou aquilo ainda mais claustrofóbico. Yoshiro prometeu retornar mais tarde para outra rodada de interrogação, então eu ainda tinha isso pela frente.

Sentei em silêncio durante o dia todo, sem receber nenhuma das refeições que eu pensei que viriam devido à abertura na porta. Acho que eles tinham coisas mais importantes com as quais se preocuparem, já que quando Yoshiro retornou, ele trouxe as notícias de que outro marinheiro tinha desaparecido. Apesar de eu ter estado preso o dia inteiro, eu ainda fui considerado um suspeito. Eles não tinham certeza de quando exatamente o cara desapareceu, então era possível que eu o tivesse matado antes de ser posto em custódia. Em defesa de Yoshiro, não é como se fosse razoável que ele esperasse que algo sobrenatural estivesse em jogo, mas, naquele momento, ter me tirado da prisão teria sido a coisa decente a se fazer.

Naquela noite, eu tive outro visitante. Keiko. Ela trouxe uma tigela de sopa de macarrão, que não passou pela abertura na porta. Em vez disso, ela passou a colher várias vezes, deixando que eu preenchesse meu estômago suficientemente para protelar as dores de fome. Ela não ficou por muito tempo, mas a visita levantou meu ânimo o bastante para conseguir dormir um pouco.

De manhã, Yoshiro retornou, dessa vez com uma arma. Outros cinco marinheiros tinham desaparecido. Mais um tinha sido encontrado morto, sua garganta cortada. Qualquer bruxaria que eu estivesse fazendo da minha cela (armário), ele ia fazer com que eu parasse. Eu perguntei para ele se não era mais provável que alguém da tripulação tivesse enlouquecido – talvez devido às horas horríveis de trabalho, talvez devido às condições terríveis de trabalho, ou, talvez, devido a toda aquela alga marinha no cardápio. Yoshiro não achou a menor graça.

Se eu realmente acreditava naquela teoria – que outro membro da tripulação tinha enlouquecido e começado a matar seus colegas de trabalho – eu não lembro realmente. Deve ter ficado muito claro que algo sobrenatural estava acontecendo, particularmente porque foi logo depois da morte de Karen. O que eu, *de fato*, lembro é que Yoshiro enfiou sua arma pela abertura de metal e deu três tiros, todos eles ricochetearam pela pequena cela. O fato de eu não ter sido morto foi incrível, o fato de eu sequer ter sido atingido foi, ao mesmo tempo, um milagre e uma prova de quão mal Yoshiro atirava.

Com sua mão ainda dentro da abertura, segurando a pistola, pus toda a pressão que pude no seu pulso. Eu o ouvi quebrar com um barulho repugnante e a pistola caiu no chão da cela. Não ia me adiantar de muita coisa no interior da cela, mas, ao menos, Yoshiro não a estava mais segurando. Ele correu de lá como uma galinha com a cabeça cortada, quase tropeçando na parte suspensa da escotilha.

Yoshiro não passou por lá muitas vezes depois dessa. Pelo que eu podia ouvir do lado de fora, as coisas estavam indo de mal a pior na medida em que mais e mais membros da tripulação começavam a sumir e/ou ser encontrados mortos. Passei três longos dias sem comida, abandonado para morrer de fome em uma minúscula cela, até que Keiko finalmente retornou. Ela me contou que metade da tripulação tinha desaparecido e que Yoshiro fora um deles. Ninguém estava mais no comando do navio, ninguém sequer estava tentando consertar os motores. Todos só estavam escondidos em vários cantos com armas, esperando o que quer que fosse que estava vindo para pegá-los.

Posso ter estado com a cabeça enfiada na areia quando primeiro entrei no *Nishigo Maru*, mas, naquela altura, eu já tinha aceitado que algo sobrenatural estava acontecendo. Se fosse um membro da tripulação que tivesse perdido o juízo, haveria corpos ou alguém teria visto algo. Eu contei isso a Keiko e ela concordou, hesitantemente. Se eu não tivesse arremessado o livro de Rufus na tempestade, talvez pudesse ter achado alguma pista do que estávamos enfrentando e o que fazer para matar aquilo.

Keiko tinha concordado que nós deveríamos tentar investigar, então ela foi procurar a chave da minha cela. Ela voltou uma hora mais tarde sem a chave, mas com um maçarico que ela tinha pego no depósito de engenharia. Ensinei-a a usá-lo (era o mesmo modelo que eu tinha para desmontar os carros no ferro-velho) e eu estava finalmente livre.

Fomos juntos pelo navio, convés por convés, tentando achar alguma pista do que estava assombrando os corredores escuros. O que achamos foi muita água. Água espalhada no convés, água criando trilhas pelos corredores, água acumulada em lugares onde ela não tinha razão para estar. Algo molhado estava se movendo pelo navio. Talvez um monte de coisas molhadas. Quando chegamos ao refeitório, achamos um contingente de marinheiros barricados atrás de uma mesa virada, um deles segurando uma pistola. Ele deu um tiro quando nós entramos, nos forçando a recuar para o corredor. Eu tinha a pistola de Yoshiro, mas não vi nenhuma lógica em retornar o fogo. Os outros humanos não eram nossos inimigos, mesmo que eles pensassem que fossem. No mínimo, mais humanos significava mais vítimas em potencial para o invasor do navio atacar antes de chegar a nós, e isso melhorava nossas chances de sobrevivência.

Botando minha cabeça para o lado de dentro pelo mais breve dos momentos, tentei acalmar os marinheiros. Disse que estávamos do lado deles, que estávamos tentando caçar a coisa que estava nos caçando. Eles gritaram de volta em japonês e o que quer que tenham dito fez Keiko empalidecer. Línguas de piratas, aqueles caras tinham. Tentar argumentar com eles não ia funcionar pelo jeito. Quando fomos embora, um deles gritou em um inglês quebrado: "Quem é você?" Acho que eles não receberam o memorando sobre o estrangeiro a bordo. Eu tentei explicar, mas o cara só continuou gritando em japonês. E depois algo em inglês como "não é um de nós". Não estavam muito receptivos a pessoas estranhas. Seguimos em frente.

Debaixo do compartimento de engenharia, tinha uma área de armazenamento, que parecia um lugar bastante apropriado para uma coisa astuta se esconder, então nós checamos ali em seguida. Quando entramos no depósito de carga, vi algo se movendo nas sombras. Como se estivesse rastejando. Eu quase atirei na escuridão com a minha pistola, mas dentro de um navio como aquele, as balas ricocheteavam loucamente, então nem arrisquei. Se eu visse o que estávamos caçando na claridade, eu daria o tiro.

Abordar o tema de folclore sobre monstros nunca é fácil, mas, certamente, torna uma situação dessas mais fácil de engolir. Uma vez que os corpos começam a se amontoar, as pessoas acreditam em qualquer coisa. Já que eu não estava familiarizado com o folclore do mar, perguntei para Keiko se existia alguma história que se encaixasse na nossa situação atual. Ela balançou a cabeça, disse que não se lembrava de nenhuma. Algo na expressão dela me disse que ela estava mentindo. Insisti no assunto, pedi para ela me contar mais sobre Ikuchi, aquela criatura marítima que ela tinha me descrito há algumas noites atrás. Ela enrolou e hesitou por um momento e depois confessou – não era Ikuchi, se Ikuchi fosse real, teria engolido o navio inteiro.

Perguntei-lhe se havia outra opção e ela admitiu que havia. Seu pai tinha contado a ela histórias de criaturas que vêm das profundezas para roubarem homens. Elas podem tomar forma humana quando estão na superfície, suas caudas se dividindo em duas pernas. Elas são chamadas de Ondines no folclore, mas a maioria das pessoas as chama de sereias. Mas não tinha como aquilo estar acontecendo ali, ela disse. Aquilo era só uma história.

Recordei-lhe o que tinha contado sobre Karen. Que muitas coisas que eu achei que não eram reais, acabaram sendo fatos. Perguntei mais sobre as Ondines, mas ela não sabia nada além do que seu pai havia lhe dito e isso tinha sido há meio século. Se meu instinto estava correto e nós estávamos lidando com uma criatura marinha de algum tipo, tínhamos que aprender mais sobre ela. E foi aí que eu me lembrei da biblioteca e Tamuro. Um acadêmico dos mares, ele deveria ter alguns livros sobre folclore náutico.

No caminho para o escritório de Tamuro, nós passamos por outro marinheiro, esse era apenas um garoto, 19 anos, no máximo. Ele estava encharcado, tremendo, suas mãos segurando um corrimão em um aperto mortal. Quando ele nos viu ele deu um berro estridente. Ele tinha passado por algo terrível e o trauma ainda o estava afetando. Nós tentamos ajudá-lo a se levantar para trazê-lo conosco, mas ele recuou do toque de Keiko, levantou-se e saiu correndo pelo corredor. Depois que ele dobrou na esquina, nós ouvimos outro grito. Eu corri atrás dele, a arma levantada, pronto para enfrentar o que estivesse me esperando na esquina, mas quando eu cheguei lá, o corredor estava vazio. Tudo o que restava era uma poça d'água e um fio de sangue.

Na escotilha para o escritório de Tamuro, nós paramos. Algo estava se movendo lá dentro. Por um segundo, considerei que poderia ser o próprio Tamuro, se ele tivesse, de algum jeito, sobrevivido à (qualquer que fosse) provação que tinha abatido o resto do navio. Quem quer que fosse, ele estava escondido atrás da mesa de Tamuro, se mexendo demais para estar realmente escondido, mas fora de vista mesmo assim. Com a pistola levantada, eu me movi em volta da mesa até conseguir dar uma boa olhada no homem — era Yoshiro. Ele não tinha sido levado, tinha apenas desistido de lutar e, em vez disso, começou a beber. Perguntei a ele que diabos ele estava fazendo na cabine do capitão e ele ergueu uma garrafa de bebida do estoque pessoal de Tamuro, e já que ele não ia mais precisar...

Ajudei Yoshiro a ficar em pé, perguntei o que tinha acontecido desde a última vez que nos vimos (além ele ter ficado bêbado e desleixado), mas antes de ele conseguir responder, seus olhos se arregalaram e ele desmaiou. Eu me virei para olhar o que ele tinha visto — Keiko. Ele tinha dado um relance nela e entrou em colapso. Agora isso — isso era estranho.

As peças estavam começando a se encaixar para mim, mas eu não tinha o quebra-cabeça inteiro. Pedi para Keiko vasculhar os livros de Tamuro à procura de qualquer referência a Ondines enquanto eu tentava despertar Yoshiro. Enquanto ela procurava, eu rebobinei as últimas horas na minha cabeça. No refeitório, o cara tinha gritado que eu não era um deles, um da tripulação. Mas e se ele não estivesse falando comigo? E se ele estivesse falando da Keiko? Voltei um pouco atrás, à minha primeira reunião com ela — ninguém mais estava no refeitório, eles já tinham ido para os seus postos naquela manhã. Da outra vez que a vi, eu tinha chegado cedo e tinha saído antes que alguém chegasse para tomar café para evitar confusão. Aí, eu a vi depois do horário de expediente, sozinho de novo. Ela tinha vindo à minha cela duas vezes, ambas as vezes sozinha. Eu nunca tinha estado no mesmo recinto com ela e outra alma ao mesmo tempo. Talvez ela não pertencesse mesmo à tripulação do *Nishigo Maru*. Quando o marinheiro no corredor e Yoshiro a viram, os dois piraram, como se a tivessem reconhecido — talvez, porque foi ela que os atacou? E ainda tinha o folclore sobre as sereias — eu tinha ouvido as velhas histórias de pescadores, sabia que sereias eram sempre descritas como mulheres, ao menos, as que vinham à superfície. Só havia uma mulher no navio inteiro e ela estava bem na minha frente.

Poderia ser Keiko uma Ondine? Seria a solução tão simples? O que essa possibilidade não explicava era como ela chegou ao navio e como é que eu me encontrava em outra situação ferrada dessas imediatamente após o demônio ter possuído Karen. Também não explicava como as pessoas estavam desaparecendo enquanto Keiko estava comigo — havia mais de uma Ondine a bordo? Ainda era possível que houvesse uma explicação racional para tudo o que aconteceu?

Eu tinha uma escolha a fazer e nenhuma das opções era muito boa:

š **Confrontar Keiko**. Perguntar na lata o que ela era e se era responsável pelos desaparecimentos. O lado negativo era que eu iria perder qualquer vantagem que tivesse — até onde eu sabia, ela não imaginava que eu suspeitava dela e esse é um Ás para se ter na manga. Eu também não conhecia o folclore sobre as sereias completamente — existia um jeito específico de matá-las? Aprendi com Karen que algumas coisas não podem ser mortas da maneira que você pensa e eu não tinha nenhum motivo para acreditar que uma bala na cabeça ia matar uma.

š **Me fingir de bobo**. Continuar investigando, tentar conseguir mais informações dela. Se ela fosse uma Ondine e, de fato, tivesse matado todas aquelas pessoas, deveria haver alguma razão para ela não ter me matado (ainda). Quem sabe, talvez, ela apenas gostasse de mim. Ou, talvez, ela tivesse algum outro propósito para mim em mente e eu estava caindo em uma armadilha.

š **Tentar despistÞ-la**. O navio era grande, escuro e, no geral, vazio. No convés de cima havia centenas de *containers* de carga, e qualquer um deles podia ser um esconderijo eficaz, se eu conseguisse chegar até eles sem ser avistado por Keiko. Não era uma solução muito máscula, mas podia ser a que me deixaria vivo por mais tempo. Esse plano também se desfez quando eu pensei no folclore sobre as sereias — pelo que Rufus tinha me contado, estava claro que algumas dessas criaturas eram feitas à medida para caçar humanos, com um olfato e uma visão que são de uma ordem de magnitude melhor que a nossa. Ondines podiam muito bem ser uma dessas criaturas e correr só ia mostrar para Keiko que eu sabia o que estava acontecendo.

š **Atirar antes e nunca mais fazer perguntas**. A opção mais descarada. John ou Dean Winchester talvez tivessem tomado esse caminho, mas eu não queria correr o risco de matar uma mulher velha sem ter certeza de que ela era a assassina.

Então, o que fiz? Esperei enquanto Keiko vasculhava os livros. Se ela fosse a Ondine, ela, certamente, não me daria informações sobre como matar suas companheiras — e se eu conseguisse reviver Yoshiro, talvez obtivesse algumas respostas antes dele desmaiar de novo.

Arrastei Yoshiro, apressadamente, para o banheiro adjacente. Não era grande o bastante para duas pessoas, mas consegui usar a pia para jogar água na cara dele. Sem sais de cheiro*, eu estava, basicamente, contando com a minha habilidade de estapear e molhar Yoshiro até ele ficar consciente. Eu não sou um médico, sabe, e não fazia ideia se havia um jeito melhor de lidar com aquilo. O lado positivo foi que consegui descontar um pouco a minha raiva no desgraçado, enquanto ele estava inconsciente. Depois de três minutos de tapas, ele acordou e estava balbuciando em japonês. Me certifiquei de que ele não veria ou ouviria

---

* Sal de cheiro: inalante de amônia, é utilizado por atletas para despertar e dar energia. (N. do R.)

Keiko vasculhando no quarto ao lado, posicionando-o de forma que a escotilha bloqueasse o caminho. Vi Keiko olhando de soslaio para ele algumas vezes, enquanto ela pesquisava nas estantes, mas ela não fez nada para impedir Yoshiro de falar.

Quando ele ficou lúcido o bastante para me reconhecer, perguntei o que tinha acontecido. Ele me disse que achava que tinha visto um monstro no escritório com a gente. Escamoso, pingando água, com uma cauda de peixe, dentes de tubarão. Ele me disse que deve ter bebido demais e que não era a primeira vez que ele tinha visto algo assim depois de uma noite demasiadamente divertida. Que ele o tinha visto nadando no oceano algumas vezes, mas que ninguém mais conseguia vê-lo e que ele sempre percebia o quanto ele era idiota assim que ficava sóbrio. Falei para ele descansar, ficar deitado enquanto eu ia buscar ajuda. Voltei para onde Keiko estava pesquisando, encontrei-a olhando um texto antigo. Deveria ter pelo menos uns duzentos anos. Ela estava com o livro aberto nessa página: ⟶

Era uma Ondine e era, praticamente, o que Yoshiro tinha dito que viu. Eu olhei nos olhos de Keiko, procurando qualquer indicação de que ela era o monstro que eu estava caçando. Seus olhos piscaram e, então, ela acenou com a cabeça como se soubesse exatamente o que eu estava pensando.

"É você", eu disse.

"Sim", ela respondeu, baixinho, para que Yoshiro não pudesse ouvir. "Eu tentei te contar naquela noite no meu quarto. Mas você não estava pronto para ver minha face verdadeira."

“Por que você está fazendo isso?”, eu perguntei.

Todo monstro tem uma razão para fazer o que ele faz, essa é uma coisa que você vai aprender rapidamente quando estiver caçando. Talvez estejam com fome, talvez queiram corrigir uma injustiça, talvez sintam algum prazer doentio com aquilo. Mas nunca é tédio. Keiko não era diferente. Ela tinha uma família para sustentar. Ela era a matriarca de um clã de Ondines e eles estavam famintos. Os homens tinham envenenado seus *habitats*, pescado nos seus territórios até a extinção. A população de Ondines estava diminuindo há décadas e eles nos culpavam por aquilo.

Mas por que esse navio? Por que agora? Por causa de *mim*. Eu tinha jogado o saco de feitiço no mar, daria na mesma ter jogado isca de Ondine na água. Aqui vai a sua próxima lição — só porque algo é mágico, não significa que aquilo só faz uma coisa. A mesma mistura que Rufus fez com a intenção de afastar os demônios trouxe Ondines direto para mim. E agora que eles tinham nos achado, eles não iriam embora até que a família toda estivesse bem satisfeita.

Foi bastante chocante ela simplesmente ter aberto a boca e admitido tudo, e sua sinceridade tornou uma coisa absolutamente clara — ela não tinha medo de mim. Ela sabia que eu não podia impedi-la de fazer o que ela estava fazendo, então não havia nenhum mal em me contar sobre aquilo.

Eu apenas estava meio certo sobre a razão por ela não ter me matado, porém — aprendi com Keiko que Ondines conseguem ler emoções humanas. Elas são criaturas incrivelmente empáticas e podem, literalmente, sentir nossos sentimentos. Quando Keiko me conheceu, ela sentiu meu sofrimento e... eu sei lá, sentiu pena de mim. O que eu sei é que as mulheres Ondines (que são as que geralmente sobem à superfície, embora homens às vezes venham em expedições de caça) detestam homens com corações traidores. Ondines são absolutamente leais e monógamos. A noção de que alguém seja capaz de trair sua amada causa fúria em uma Ondine. A maior parte do *Nishigo Maru* caiu nessa categoria depois de passar longos anos longe de suas esposas e namoradas. Eu era o exato oposto. Minha esposa tinha morrido e aquilo tinha me arruinado. Já era difícil seguir vivendo cada segundo, quanto mais ir atrás do próximo rabo de saia que eu visse. Para uma mulher Ondine, eu era o homem perfeito.

Isso não me servia de nada, porém. Ela ainda iria atirar o resto da tripulação para fora do navio e ia deixar o cardume de tritões despedaçá-los. Eu disse a ela que não poderia deixá-la fazer isso, mas ela deixou as coisas bem claras — eu não podia impedi-los. Mesmo que eu a matasse, já havia outros a bordo e eu nunca iria conseguir distinguí-los do resto da tripulação.

Ela ia me deixar viver? Descobrir isso estava no topo da minha lista de prioridades, mas ela não me deu uma resposta direta. A única coisa que ela disse foi: "Eu não deixaria você se afogar."

Enquanto eu a observava, ela entrou no banheiro e encontrou Yoshiro. Ele soltou um grito abafado, então caiu em silêncio. Eu apenas fiquei sentado ali, estupefato. Como se eu não pudesse mover minhas próprias pernas (um sentimento com o qual eu iria me familiarizar muito mais tarde na vida). Um segundo depois, ela arrastou o corpo inconsciente de Yoshiro para fora do banheiro em direção à escotilha.

"Siga-me. Vou te levar aos outros."

Se alguém te disser isso, não o faça. Simplesmente não faça. Isso nunca dá certo.

Tendo dito isso, é óbvio que eu a segui. Eu não sabia mais o que fazer. Antes de ir, arranquei a ilustração da Ondine do livro e enfiei no meu bolso. Havia um texto em japonês abaixo dela, mas naquela época eu não sabia ler japonês, então sabe-se lá o que eu estava pensando. Melhor guardar isso do que deixar para trás, eu acho. Também tomei a decisão impulsiva de abrir a gaveta da mesa de Tamuro, onde achei as chaves do meu Chevelle. Já que ele já havia sido levado para debaixo d'água para ser mastigado pela Pequena Sereia, concluí que ele não precisava mais delas.

Keiko me levou para o convés de cima, arrastando Yoshiro por todo o caminho. Eu tive uma dúzia de oportunidades para tentar atacá-la, não usei nenhuma delas. Era meu primeiro teste como caçador e eu estava falhando miseravelmente. O medo e a percepção lógica de que eu não tinha ideia de como matá-la se combinaram, produzindo inação. *Ela ia jogá-lo aos (metafóricos) tubarões.* Minha pistola estava enfiada no meu cinto, pronta e à espera, mas eu não conseguia me convencer a usá-la.

Talvez se Keiko fosse um homem, eu teria me sentido diferente sobre aquilo, não sei. Tentei me convencer de que não importava, que um humano é um humano, mas há algo em atirar numa vovozinha que tira o gosto de usar meu dedo no gatilho.

Quando chegamos ao convés um pouco depois da meia-noite, vários outros membros da tripulação já estavam lá, amarrados, esperando para serem lançados ao mar. Eles estavam com mordaças na boca, mas eu podia ouvi-los tentando gritar quando viram Keiko. E foi aí que caiu a ficha — a velha na minha frente era um monstro. As aparências enganam e eu tinha que superar isso rapidamente ou todos aqueles homens iam morrer.

"O que você vai fazer comigo?", perguntei.

Ela virou-se para mim, sorriu. "O mesmo que fizemos com Tamuro", ela respondeu. "Ele é um homem bom."

"Era um homem bom", eu corrigi.

Ela balançou a cabeça, apontou para o oceano ondulante abaixo de nós.

Olhei por cima da balaustrada e para o mar, onde ondas negras colidiam contra o casco imóvel do *Nishigo Maru*. Na água havia diversas figuras — primeiro, eu achei que eram golfinhos, mas quando olhei mais de perto, vi claramente que eram homens. Homens com caudas. Ondines. Estava difícil de vê-lo, mas eu reconheci a cara de Tamuro entre eles. Esperando pelo jantar.

Aqui vai outra lição sobre o perfil dos monstros: eles sempre querem transformar você. Nunca é o bastante apenas viver a sua vida como um monstro, você tem que fazer outras pessoas se juntarem a você. Vampiros, lobisomens, um monte de outros, todos do mesmo jeito. Desgraçados. Ariel até podia ser uma garota bonita, mas eu não tinha intenção nenhuma de comer algas no café da manhã, almoço e jantar pelo resto a minha vida.

Tamuro tinha sido transformado e, aparentemente, eu era o próximo. Essa foi minha deixa para começar a resistir. Meu novo problema é que havia outros Ondines no navio, mas eles não estavam no convés onde Keiko os esperava. Uma vez que eu tivesse matado Keiko, eu não teria como reconhecer os outros e eles seriam bem menos amigáveis comigo depois de eu ter matado sua matriarca. De qualquer jeito, eu tinha que fazer minha jogada antes de ela começar a arremessar caras no mar.

Keiko arrastou Yoshiro até a balaustrada, o alçou por cima dela com uma força muito maior do que você esperaria de uma senhora de sua idade (ou, até, de um homem da minha idade) e eu disparei. Dois tiros, bem em suas costas. Ela cambaleou para frente, pareceu que iria desmoronar, e, então, lançou Yoshiro na água. Ele fez um barulho quando caiu e foi, imediatamente, atacado pelos Ondines. Quando Keiko virou-se para mim, não vi raiva na sua face, vi tristeza. Arrependimento. Como se ela estivesse chateada por que teria que me matar.

É desnecessário dizer que as balas não a mataram, mas elas chamaram sua atenção. Em vez de arremessar os marinheiros nas profundezas salgadas, ela veio atrás de mim. Eu me agachei através de uma escotilha aberta e tentei ganhar o máximo de distância que podia dela, mas depois de alguns segundos eu ouvi o clic-clic-clic de sapatos nas placas de aço do convés.

No final das contas, Ondines não são tão bons em caça como eu temia que fossem. Depois que entrei na sala de controle do radar no deque C, ouvi Keiko passando pela escotilha e seguindo em frente no corredor. Por alguns minutos, estava seguro.

Usei aquele tempo para pensar em uma estratégia. Como eu iria identificar os Ondines e como eu iria, então, matá-los. Listar todas as ideias estúpidas que eu tive seria um desperdício do meu tempo e do seu, sem contar o papel para impressão. O momento de clareza veio quando me peguei desejando que eu tivesse um pouco de uísque de Kentucky para acalmar meus nervos — e lembrei o que Yoshiro tinha dito. Que ele via coisas — criaturas — nadando na rota transpacífica deles quando estava bêbado. E que quando ele viu o rosto e Keiko, ele viu a face de um monstro e não de uma velha.

Todos sabem que as lendas sobre sereias começaram quando um bando de marinheiros bêbados viram golfinhos e peixes-boi no oceano e, por serem lascivos e estarem exaustos, pensarem que eles eram bem parecidos com mulheres com partes de peixe (mulheres *sensuais* com partes de peixe). E se, e isso era um grande se, eles não estavam alucinados por estarem bêbados? E se eles estavam vendo a verdade por estarem bêbados? Há criaturas por aí, como os espectros, cuja verdadeira forma só pode ser vista através do espelho. Você as vê andando pela rua, elas parecem um humano normal. Você vê o reflexo delas e é uma besta horrível rosnando. E se os Ondines fossem do mesmo jeito, mas você tivesse que estar bêbado para ver quem eles realmente eram?

Eu quase fiquei bêbado perto de Keiko há algumas noites, mas eu consegui me segurar. Isso deve ser o que ela queria dizer com *"Eu tentei te contar, naquela noite nos meus aposentos. Mas você não estava pronto para ver minha face verdadeira"*. Eu precisava ficar *muito, muito bêbado*.

Em circunstâncias normais, isso soaria como a melhor caça de todos os tempos. Mas essa foi minha *primeira* caçada e ficar bêbado pareceu que só ia tornar o trabalho mais difícil (isso foi antes de eu me dar conta de que o uísque é o melhor amigo do caçador em todas as circunstâncias).

Supondo que eu encontrasse alguma bebida e conseguisse rastrear Ondines, ainda havia a questão de matá-los. Balas não pareciam fazer nada com eles. Eu tinha uma ideia sobre isso também — eles eram, basicamente, peixes, certo? Peixes que podiam andar na terra por um tempo, mas eles eram criaturas marinhas nativamente. Deixe um peixe fora d'água por tempo suficiente e eles vão sufocar. Tudo o que eu tinha que fazer é prender os Ondines em algum lugar para que eles não pudessem ter acesso à água e mantê--los lá até que tivessem secado. Era apenas uma teoria, mas era a única teoria que eu tinha.

Achar bebida em um cargueiro é surpreendentemente simples. Os primeiros aposentos da tripulação que encontrei estavam amplamente abastecidos e 15 minutos depois eu estava para lá de Bagdá. Cambaleei para o corredor, pronto para atirar em qualquer coisa com guelras. Depois de alguns minutos, eu esbarrei num membro da tripulação — o primeiro teste da minha teoria. O rosto do cara estava oscilando na minha visão borrada, mas ele permaneceu humano. Ele gritou alguma porcaria para mim em japonês, mas eu estava bêbado demais para discernir qualquer parte, então segui com a minha vida.

Aí eu o vi. Um Ondine macho e, cara, minha teoria estava certa. Seu corpo parecia, essencialmente, humano, mas sua imagem estava oscilando, entrando e saindo de foco, partes de sua pele se transformando em escamas e barbatanas enquanto outras partes permaneciam humanas. Eu estava tão intrigado com sua aparência que demorei um segundo para começar a atirar.

Novamente, as balas não tiveram muito efeito, mas elas o tiraram do sério e isso era tudo o que eu realmente precisava. O tritão me perseguiu pelas escadas no convés de cima do navio, onde o vento noturno estava transformando as ondas em enormes volumes. Água colidia no convés enquanto eu costurava meu caminho entre os enormes *containers* de carga de aço. Cada um com 15 metros de comprimento, três metros de altura e três metros de largura. O valor de toda a carga no *Nishigo Maru* deve ter sido de milhões de dólares, mas eu não tinha tempo de pensar nisso.

Com o Ondine na minha cola, eu me esquivei para dentro de um dos *containers* de carga. No meu primeiro dia a bordo, eu tinha feito um *tour* pelo convés de cima, e tinha notado que alguns dos *containers* estavam com suas portas de aço abertas e alguns tiveram parte de seu conteúdo removido. Eu suspeitei, na época, que Yoshiro ou um dos outros oficiais tinha deixado a tripulação pilhar os *containers* como uma espécie de recompensa. No grande esquema das coisas, alguns eletrônicos desaparecidos não eram uma grande coisa se comparado ao valor das centenas de *containers*.

Quando o Ondine me achou no *container*, eu estava pronto. Antes de o desgraçado perceber o que estava acontecendo, eu o derrubei (e eu estava absolutamente bêbado, então foi duplamente impressionante) e fechei a porta de aço, prendendo-o (junto de um monte de Walkmans, provavelmente) no *container*. Um já foi, falta, pelo menos, mais um.

Eu queria achar Keiko em seguida. Queria acabar logo com aquilo. O único lugar em que eu pensei em procurá-la foi o refeitório, então é para onde fui. Os marinheiros que estavam escondidos lá mais cedo tinham desaparecido, uma mancha de sangue no chão era a única evidência que eles tinham acampado ali uma vez. Procurei na cozinha com cautela, pronto para um Ondine pular em cima de mim a qualquer segundo. Em vez disso, encontrei um rastro de água saindo da cozinha para uma escada que dava para o convés de baixo. Lá, presenciei uma cena perturbadora – um Ondine em cima do corpo de um membro da tripulação. Eu disparei alguns tiros, mas minhas balas logo acabaram. Foi o bastante para chamar a atenção do Ondine e, pouco depois, eu tinha outro prisioneiro trancafiado num *container* de carga.

Quando eu estava checando a trava de aço, ouvi um grunhido desumano ao meu lado. Keiko. Ver sua face verdadeira foi chocante, mas galvanizou minha vontade. Eu tinha que matá-la, impedi-la de machucar mais alguém.

Sem nenhuma bala, sobrou a força bruta. A maior parte das criaturas sobrenaturais são muito mais poderosas fisicamente do que parecem e Ondines não são uma exceção. Tentei o mesmo truque que tinha funcionado com os outros Ondines, mas ela se mexia muito rapidamente. Eu não conseguia prendê-la. Um golpe dela tinha me feito voar pelo convés e eu tinha batido a cabeça em uma antepara. Sangue estava escorrendo na minha cara e tudo que eu conseguia ver era vermelho. Minha visão já estava embaçada por causa da bebida, então tinha ido de mal a terrível.

Ela me chutou no estômago, tirou o ar dos meus pulmões. Parecia que eu estava me afogando em terra firme. Mais um chute, dessa vez com ainda mais força. Do outro lado do convés, vi um *kit* de emergência. Dentro dele eu encontraria equipamentos de primeiros socorros e uma pistola de sinalização. Eu não tinha ideia do efeito que ela teria, mas a pistola de sinalização era a única arma perto de mim. Arrastando-me pelo convés molhado, eu tinha acabado de alcançar o *kit* de emergência quando ela agarrou o meu ombro, me girou e me arremessou contra outra antepara.

Eu não conseguia me levantar. Minha cabeça estava girando, minhas pernas não estavam obedecendo ao meu cérebro. Olhando para ela, eu lhe disse exatamente o que pensava dela, na língua chula que eu tinha aprendido com a tripulação do *Nishigo Maru*, o que eu não vou repetir na presença de pessoas respeitáveis. E, então, eu perguntei se ela se importaria em beijar minha bunda antes de me matar.

— Eu já te falei, Bobby, eu não vou te matar — ela disse, e pulou em cima de mim. Ambos balançamos na borda do navio, mas a gravidade estava do lado dela. Eu caí de costas, de uma altura de cinco andares, no oceano que rugia abaixo.

Água encheu meus pulmões enquanto eu afundava no abismo negro. E não foi como eu pensava que seria; não havia nada de pacífico sobre a morte — eu estava engasgando, quase vomitando e lutando enquanto era levado pela corrente para mais e mais fundo, para longe do *Nishigo Maru* e para longe de qualquer esperança de sobreviver.

E então eu a vi — Keiko, que tinha mergulhado atrás de mim. Ela se transformou na frente dos meus olhos, não mais tendo a aparência de um híbrido e sem mais reter qualquer característica de uma mulher humana velha. Ela se transformou 100% em Ondine. Sua cauda batendo para frente e para trás, impulsionando-a em uma velocidade impossível em minha direção. Eu sabia que estava perdendo a consciência, mas meus olhos ficaram fixados na Keiko. Ao se aproximar, sua boca se abriu e uma luz azul saiu dela, mandando raios de energia pela água à nossa volta. Sua face quase estava tocando na minha, a luz azul aquecendo minhas bochechas. Por um segundo, minha cabeça ficou mais clara — era como se a luz tivesse me dado um sopro de ar. Eu sabia que estava sendo transformado, mas eu não consegui lutar contra isso. Eu já tinha me esforçado ao máximo para resistir a ela, mas com a água em meus pulmões, eu não conseguia mais resistir. Abri minha boca, estendi a minha mão para ela e...

Tamuro. Veio de trás dela, agarrou Keiko e girou-a para longe de mim. Ela o atacou, arranhou sua cara com suas garras. Ele tinha sido completamente transformado também, mas sua face era instantaneamente reconhecível. Enquanto eu olhava os dois lutando acima de mim, percebi que ainda estava afundando. O sopro de ar que a luz de Keiko havia me dado era o suficiente para fazer minhas pernas se mexerem de novo. Eu chutei o mais forte e o mais rápido que pude, nadando loucamente para a superfície que, para meu espanto, estava ficando mais escura ao invés de ficar mais clara. Eu podia ver a sombra gigantesca do *Nishigo Maru*, mas parecia que ele estava sendo levado para mais longe de mim. O mundo estava ficando preto. Eu olhei pela última vez para baixo, o corpo mole de Keiko estava desaparecendo nas profundezas sem fim. Tamuro estava desaparecendo com ela. Ele tinha salvado minha vida. Salvado minha vida humana, no caso.

Então, uma onda de choque explodiu pela água. Me senti como se tivesse sido atingido por um caminhão, mas continuei nadando, continuei lutando para chegar à superfície. Uma picape Ford derivou lentamente por mim, afundando, seguida por mais uma dúzia. Um videocassete, um computador, uma guitarra elétrica. Toda a carga do navio tinha sido arremessada no oceano, afundando enquanto eu ascendia. Quando cheguei à superfície, o fogo estava em todo lugar. Uma mancha de óleo cobria a água, parte dela queimando e o grandioso navio *Nishigo Maru* estava partido ao meio.

Nunca descobri o que aconteceu a bordo, mas posso adivinhar. Os Ondines tendo quase terminado sua tarefa, decidiram destruir as evidências, para evitar que os humanos fizessem perguntas sobre o que aconteceu à tripulação. Algumas alterações nos motores e *boom*. O navio afunda.

Boiando na superfície, tentando respirar, abri caminho até uma tábua de madeira. Tinha sido parte de um palete de carga, mas a carga já tinha desaparecido na água. Lá, eu iria ficar por dez horas enquanto o *Nishigo Maru* afundava lentamente, esperando por algum tipo de resgate.

Quando o resgate finalmente chegou, disse para eles a única coisa que podia. Problemas com o motor. Explosão. A tripulação afundou com o navio, corajosamente tentando mantê-lo flutuando. Aqui está uma foto da primeira página dos jornais de Tóquio:

Eu me pergunto até hoje se os dois Ondines que eu prendi nos contentores de carga foram libertados, ou se afundaram em um caixão à prova d'água para o fundo do mar imenso, secando a poucos centímetros de um trilhão de litros de água. Mas eles mereceram isso pelo que fizeram com aqueles marinheiros. E Keiko... talvez Tamuro a tenha matado. Ou talvez ela apenas tenha desistido de mim, decidiu esperar pelo próximo navio que passasse. Talvez, ela ainda esteja por aí.

Algum dia, você terá que fazer a mesma escolha que fiz — e espero que você seja inteligente o bastante para perceber que não há nenhuma escolha. Virar um monstro não é uma opção. Tamuro pode ter sido capaz de reter um pouco da sua humanidade por tempo o bastante para me salvar, mas eu aposto qualquer coisa que se você esbarrasse nele hoje, seu tempo debaixo d'água o terá mudado. Não terá sobrado nada do homem que eu (brevemente) conheci.

Essa foi a minha primeira caça. Eu adoraria dizer que foi um sucesso, mas você leu a história. Todos morreram. Alguns dos monstros (talvez todos eles) escaparam. Isso acontece. Mas você tem que continuar a lutar. Quando a embarcação de resgate me rebocou do mar, eles me perguntaram para onde eu queria ir.

Eu disse Tóquio. Eu não estava pronto para voltar. Ainda tinha muito a aprender.

JAPÃO

EU CHEGUEI AO JAPÃO sendo caçador por escolha. Correr não era uma opção, porque eu sabia que aquilo iria me alcançar eventualmente e porque eu não acho que conseguiria viver comigo mesmo se o fizesse. Havia coisas lá fora que machucam, torturam e matam pessoas inocentes e se eu não me dispusesse a fazer algo a respeito disso, quem faria? Nunca fui do tipo de deixar meus problemas sobrarem para os outros e isso não era uma exceção. Se houvesse monstros para matar, seria eu quem os mataria.

Foi bastante inconveniente ter essa epifania a 9.451 quilômetros do único caçador que eu um dia conheci. O Japão tinha sua própria quota de coisas que faziam barulho à noite, um fato que eu tinha aprendido muito bem a bordo do *Nishigo Maru*. Parecia uma boa ideia tentar aproveitar ao máximo meu tempo no Japão e aprender sobre os costumes locais, a língua e, acima de tudo, sobre os caçadores locais.

Imagine-se numa cidade estrangeira. Um lugar sobre o qual você leu, mas nunca visitou e que você não sabe o idioma. Imagine que você queira encontrar um lugar para comer, um banheiro ou um táxi. Essas são tarefas difíceis, mas superáveis. Agora, imagine que você queira achar a sede local de uma organização secreta de caçadores de monstros, cuja própria existência iria enviar ondas de choque pela população se fosse revelada. É um pouco mais complicado, mas como com qualquer outra coisa, tem como.

E foi desse jeito que eu consegui. Este truque em particular funciona em qualquer lugar, pois se baseia em um princípio simples: se duas pessoas estão atrás da mesma coisa, elas vão esbarrar uma na outra eventualmente. Depois de achar um trabalho consertando carros americanos para pagar o aluguel, eu passava minhas noites caçando. Eu fiz toda pesquisa que pude na biblioteca local, mas a barreira da língua era alta. No entanto, a imersão total tem suas vantagens, e em um mês eu era capaz de me virar na maioria das situações. "A maioria das situações" não inclui a pesquisa de folclore antigo e eu tive que pedir ajuda a muitos bibliotecários, os quais pensaram que eu era totalmente maluco. Vem com a nacionalidade.

Mais cedo ou mais tarde, se eu continuasse acompanhando presságios e pistas, acharia um caso legítimo de monstro. Quando isso acontecesse, esperava esbarrar em outro caçador e eu estaria encaminhado. Se eles me aceitariam em seu grupo ou me matariam no ato, isso eu não sabia dizer. Rufus tinha me dito que havia caçadores em todos os continentes (aparentemente a Antártica tem uma pequena infestação de Ietis), mas não quantos, onde estavam ou a sua disposição em relação a estranhos que queriam aprender mais sobre o ofício.

Vasculhei os jornais japoneses todas as manhãs, na esperança de ver sinais de relampejos sem chuva, mutilação do gado, fumaça preta, qualquer coisa que me apontasse em direção a uma possessão demoníaca. Mas eu não sabia era nada sobre as criaturas locais, então a princípio não tinha ideia do que procurar. Depois de algumas sessões de tradução de jornal particularmente esclarecedoras com um bibliotecário muito desconfiado, achei meu primeiro caso. Três mulheres tinham sido assassinadas nos arredores montanhosos de Tóquio, a maior parte de seu sangue tinha sido drenado e seus corações arrancados. Não precisei de nenhum presságio para isso, era óbvio que algo estava errado. A imprensa estava culpando um *serial killer*, mas a polícia pensava que algum animal selvagem talvez fosse o responsável. Eles não haviam encontrado impressões digitais, traços de DNA ou fibras de vestuário na cena do crime, mas encontraram pelos. Pelos de animais de um tipo que seus peritos não conseguiram identificar. Descobri tudo isso ao visitar a delegacia de polícia daquele distrito, fingindo que era um romancista americano interessado no caso. Talvez, eu tenha dado um pouco a entender que era Stephen King, mas essa era por conta deles por acharem que todos os americanos são parecidos.

Huh. Eu acho que essa foi a primeira vez que inventei algo para um caso, agora, para mim, isso é natural. Na época, era aterrorizante. Eu tinha certeza de que iam me pegar na mentira ou pedir credenciais (por isso tenho sempre um par à mão) ou, até mesmo, me prender e pronto. Nada disso aconteceu e aprendi uma lição valiosa — se você andar com a cabeça erguida o suficiente, falar com confiança o suficiente e tiver uma atitude ríspida, as pessoas vão acreditar em qualquer coisa que você diz.

Minha próxima parada foi a casa da primeira vítima. Ela tinha sido morta enquanto assistia à televisão, um programa de auditório maluco no qual você tinha que lutar contra membros de sua família pelo direito de não ser mergulhado em uma piscina cheia de gosma. No Japão, cara, eles sabem como fazer uma boa programação.

Nada parecia fora do comum na vida de família da garota, e de acordo com seu namorado, ela não tinha inimigos. Ela era o que os japoneses agora chamam de *otaku* — obcecada com a cultura pop. Seu quarto era absolutamente doido — figuras de ação alinhadas em todas as prateleiras do lugar, cartazes cobriam as paredes, alguns deles um pouco obscenos. Para ser honesto, eu realmente gostei da garota. Pena que ela estava morta.

A polícia havia vasculhado bem o local, tirado qualquer pista muito antes de eu ter chegado lá. Isso é uma coisa importante para você aprender: chegue antes dos outros

A polícia não sabe como lidar com um caso de vampiro, ou um caso de fantasma, ou um caso de metamorfo e ela nunca saberá. Isso é o seu trabalho e se você quiser fazer isso direito, tem que chegar ao local antes de ele ter sido limpo pela equipe de perícia da polícia e antes dos familiares da vítima já terem sido interrogados cinco vezes. Confie em mim, eles não gostam de ter que repetir as mesmas respostas várias vezes e você obterá resultados muito melhores se for o primeiro a lhes fazer uma pergunta. Além disso, se eles estão consumidos pela dor, as pessoas tendem a cometer deslizes e contar coisas que elas não queriam — pistas que podem ser vitais para solucionar um caso.

Tendo aprendido essa lição, fui para a próxima cena do crime mais recente — uma atleta havia sido dilacerada em um parque público, sem testemunhas. Os policiais ainda estavam no local, marcando padrões de manchas de sangue e tentando determinar a arma que poderia ter sido usada na mulher morta. Sua conclusão — caninos. Não parecia que qualquer lâmina pudesse ter causado as lacerações que eles tinham encontrado no corpo da vítima, mas os ferimentos eram muito precisos para terem sido causados por um lobo. Os lobos já tinham sido comuns naquela parte do Japão, mas tinham sido expulsos da área pela expansão de Tóquio e sua área metropolitana nos últimos cem anos.

Isso me fez pensar sobre algo que Rufus tinha me dito. Lobisomens, com os quais eu estava bem familiarizado devido aos filmes velhos da série *O Lobisomen* da Universal, eram, aparentemente, reais. Eles se transformam de humano em besta na lua cheia (embora você deva saber que no ano passado, vimos lobisomens se transformando na meia-lua também... está tudo ligado a essa coisa de"mãe de todos os monstros"/purgatório que eu vou abordar mais tarde, se eu ainda estiver vivo). Eles também são conhecidos por matarem seres humanos para se alimentar, embora eu não conseguisse me lembrar na época se eles comiam os corações (eles comem, esse é seu principal *modus operandi*).

Se era um lobisomem, os fatos relevantes são estes (eu não sabia tudo isso quando estava no Japão, mas eu não tenho tempo sobrando para dizer a você como aprendi tudo):

- Eles mastigam corações humanos como se eles fossem feitos de doce.

- A sua transformação não está fisicamente sob seu controle. Quando eles começam a se transformar, não há nada que possam fazer para impedi-los.

- Eles não são como o Hulk. Irritá-los não vai fazer eles se transformarem, mas os sentimentos de seu lado humano vão decidir quem eles vão atacar quando botarem o lobo para fora. Sam gosta de dizer que eles são "puro id*" e quem quer que eles odeiem como seres humanos será quem eles atacam como lobos. Melhor não emputecê-los em forma humana ou de lobo.

---

* Id é uma das três estruturas do sistema psicológico proposto por Freud, responsável pela impulsividade e busca do prazer. (N. do R.)

- Frequentemente, eles não se lembram de nada do que fazem enquanto estão na sua forma de lobo. Isso significa que alguns deles sequer percebem que são lobisomens. Outros sabem que algo está errado com eles, mas pensam que eles só têm uma péssima dependência ao álcool, o que explicaria os desmaios e as lesões estranhas que eles adquirem toda lua cheia.

- A sua fraqueza mortal é prata – estacas de prata, balas de prata, facas de prata, abridor de cartas de prata, o que quer que seja, contanto que seja de prata. É útil se você conseguir enfiar a prata bem em seu coração, mas você pode ser criativo com essa parte. Decapitação com um machado de prata, talvez.

- Eles têm superforça como a maioria dos monstros.

- Eles podem saltar a uma altura de mais de cinco metros, ao menos de acordo com meu amigo Peter, que se livrou de uma matilha deles em Denver. Porém, Peter usou um monte de drogas na década de 60, então, até onde ele sabe, tem muita de coisa que pode pular mais de cinco metros.

- Sua visão, audição e olfato são extremamente aguçados. O sangue humano, principalmente, desperta seus sensores. Eles são muito parecidos com vampiros nesse aspecto, mas eles não são fotossensíveis – um lobisomem não tem medo da luz, apenas acontece que eles só são afetados durante as horas noturnas de uma lua cheia, então a luz do sol não é uma questão para eles.

- Eles transferem sua infecção através de mordidas – se você foi mordido por um lobisomem, já é tarde demais. Você vai se tornar um deles também. Samuel Campbell tinha uma velha receita para curar um humano de vampirismo, talvez haja algo parecido por aí para lobisomens... mas se existe uma cura real, eu nunca ouvi falar dela. Há alguns anos atrás, Sam e Dean estavam protegendo uma garota chamada Madison de um lobisomem, apenas para perceberem que Madison já tinha sido transformada. De acordo com o folclore que eles tinham ouvido,

matar o

lobo que a tinha criado iria curá-la, então eles fizeram exatamente isso. Nada feito. Mesmo depois de acabar com a coisa, Madison virou uma loba e Sam teve que sacrificá-la.

- O hospedeiro humano do lobisomem não é afetado, em outros aspectos, pela sua condição. Considerando que um vampiro é um vampiro o tempo todo, um lobisomem pode viver uma vida humana normal em grande parte, contanto que eles se tranquem antes de se transformarem a cada lua cheia.

- Neles crescem pelos reais, mas não é realmente pelo de lobo. Quando Sam e Dean estavam investigando o caso potencial de lobisomem em Canonsburg, Pensilvânia, encontraram pelo de lobo de verdade na cena de um assassinato. Enquanto um monte de caçadores poderia ter visto isso como prova conclusiva, os garotos Winchester sabiam que os lobisomens são uma criatura híbrida — o pelo que cresce neles não é pelo real de lobo.

Na época, não havia nada nas evidências que me levasse a acreditar que *não era* um lobisomem, mas eu ainda era um caçador novato. Eu estive envolvido em dois acidentes sobrenaturais, ambos tinham terminado com quase todos mortos, menos eu. Dessa vez, eu tinha que fazer melhor. Não ia deixar minhas suposições influenciarem minha tomada de decisão.

Enquanto eu estava na cena do crime, um agente do Departamento de Investigações Criminais (o equivalente japonês do FBI) apareceu para assumir o caso. Eles tinham motivo para acreditar que uma doente mental de uma prisão próxima tinha escapado e era responsável pelas mortes. O cara inspirava muito respeito nos policiais locais que estavam conduzindo o show, mas havia algo de estranho nele. Seu cabelo tinha um pouco de gel demais, ele era um pouco jovem demais, ele usava tênis com seu terno e gravata pretos.

O meu pretexto tinha colado porque eu era um americano fingindo ser um americano, mas eu sabia que esse cara era um garoto brincando de agente do governo. Quando ele saiu da cena do crime vinte minutos depois, eu estava esperando por ele em seu carro.

"Você está aqui por causa do lobisomem?", eu perguntei para ele na lata.

Eu sabia que esse cara falava inglês (ele tinha me cumprimentado com a fluência de um falante nativo mais cedo), mas agora ele estava fingindo ignorância.

"O que está onde? Um lobo?", ele disse, ou algo assim. Não faça uma citação baseada em nada disso, a maioria das minhas memórias são receitas de molho de queijo a essa altura.

Ele entrou em seu carro, tentou ir embora dirigindo, mas eu estava no banco do passageiro antes de ele apertar o acelerador. Perguntei-lhe novamente. Disse a ele que sabia que não era um doente mental fugitivo que estava matando as garotas.

O jeito que ele me olhou, era uma mistura de irritação e reconhecimento. Como se eu fosse seu irmão de armas, mas um irmão chato que ele não queria que visitasse o tempo todo. No entanto, ele me levou para sua casa, que era no fundo da floresta nos arredores de Tóquio. Lá, mais uma dúzia de caçadores estavam à espera. Eles tinham uma bela estrutura. Era como a Fortaleza da Solidão dos caçadores, com todo tipo de equipamento de treinamento, livros de folclore e até alguns computadores (que, na época, ainda eram muito primitivos, mas eles tinham a tecnologia de ponta). Eu era o único estrangeiro que eles já haviam deixado entrar em seu santuário secreto e isso estava aparente nos rostos de cada homem e mulher ali.

Por que eles tinham me trazido aqui? Porque o motorista relutante achou que eu tinha mais informações sobre a coisa que estávamos caçando do que eu realmente tinha. Uma vez que começamos a conversar, ele mostrou, imediatamente, o arrependimento de ter me mostrado a localização de sua base. Até onde ele sabia, eu poderia ser a criatura que estava matando aquelas meninas e ele tinha acabado de me levar ao lar das únicas pessoas que poderiam me impedir. Eu expus meu caso de forma bem eficaz, explicando tudo pelo que eu tinha passado. Eles tinham suspeitado que o *Nishigo Maru* tinha sido vítima de algum tipo de ataque de uma criatura marinha e estavam todos muito interessados em ouvir a (longa) história. Quando terminei, o homem mais velho me deu um olhar longo e perfurante e, então, me levou para a sala seguinte.

Dentro da câmara, havia uma espada de samurai. Ele explicou (em japonês, que naquela altura eu felizmente já entendia) que sua irmandade (de irmãos e irmãs) vinha mantendo as ilhas japonesas seguras há muitas gerações e que aquela espada tinha sido usada para matar um grande monstro pelo seu ta-ta-ta-ta--ta-taravô (provavelmente havia ainda mais "tas" do que isso). Desde então, sua famíia guardava o segredo do sobrenatural — que todas as criaturas do folclore eram reais — para si. Eles protegiam os cidadãos, correndo riscos incríveis e ele me respeitava por tentar fazer o mesmo. Ele botou muita ênfase no "tentar", coisa que eu não gostei muito, mas que seja.

Eles se chamavam de "ハンター," ou *hantaa*, que significa caçador. Não é muito original, mas fazer o quê? Em retrospectiva, o folclore que ele me contou sobre o "grande animal" que seu ancestral tinha matado com a espada de samurai me faz pensar que poderia ter sido um *dragão*, o que fazia daquela lâmina uma *espada de dragão*. Se os eventos atuais são alguma indicação, você terá que rever a história dos dragões... eu escreverei alguma aqui assim que puder.

Comemos uma refeição juntos e meus irmãos japoneses me disseram que eu estava errado sobre o lobisomem — na verdade, era um *okami* que estávamos caçando. Eles são primos dos lobisomens, mas específicos ao Japão. O seu perfil é bem parecido, mas o método de se livrar deles é bem diferente. Fiquei realmente feliz por eu não ter tentado ir atrás da coisa eu mesmo, ou a coisa teria ficado feia bem rápido.

Para matar um okami, você precisa de um punhal de bambu, abençoado por um sacerdote xintoísta. No Japão, esses não são difíceis de encontrar. Na realidade, um dos caçadores na mesa era, ele mesmo, um sacerdote xintoísta. Nos Estados Unidos e em outras partes, bem, boa sorte. Você poderia, provavelmente, importar um, mas se eu tinha aprendido alguma coisa a bordo do *Nishigo Maru* era que a viagem entre São Francisco e Tóquio é loooonga.

Tendo em posse seu punhal de bambu e o tendo abençoado, você tem que apunhalar o okami sete vezes. Não seis. Não oito. *Sete*. Por quê? Não sei. O pessoal da cabana de caçadores ninjas japoneses também não sabiam, apenas me disseram várias vezes para apunhalar o okami sete vezes, então eu anotei.

Agradeci aos *hantaas* por sua hospitalidade e perguntei o que eles planejavam fazer em seguida. Ir atrás da coisa? Coletar mais provas? Eu era novo no jogo, então não sabia o que um caçador de verdade faria. Sua resposta? Eles não iam fazer absolutamente nada. Eu ia.

Veja bem, o velho me disse que eu tinha uma mancha escura na minha alma ou algo do gênero. Que eu não ia ser capaz de começar a superar a morte de Karen até que eu tivesse a oportunidade de me vingar de algumas forças escuras do mundo. Em geral, acho que ele sabia que eu era um péssimo caçador e tinha que melhorar rápido ou morrer tentando.

Então lá fui eu para o meio da mata, armado com um punhal de bambu e uma reza. Passei a semana seguinte perseguindo pistas, indo de uma pista para outra o mais rápido que pude. Eventualmente, outra vítima foi achada. Eu me senti péssimo, já que o clã *hantaa* havia confiado em mim para achar o okami e o eliminar antes de qualquer outra pessoa se machucar.

Redobrei meus esforços e consegui achar uma pista sólida — todas as mulheres tinham ido ao mesmo bar nas 24 horas antes de sua morte. O okami devia estar seguindo essas mulheres até suas casas e as atacando quando estavam sozinhas.

Um cara branco com camisa de flanela em um bar japonês da moda atrai muita atenção, vou te contar. Geralmente, isso seria uma coisa ruim. Nesse caso, usei a atenção para conversar com a maior quantidade possível de pessoas sobre os frequentadores regulares do bar, perguntei se algum deles tinha agido de forma estranha recentemente. O garçom me apontou na direção de um homem de aparência particularmente tímida de mais ou menos 23 anos. Ele estava sentado em um canto, bebendo uma cerveja e olhando para as mulheres que passavam.

Pouco antes da hora de fechamento, o cara se levantou e saiu. Segui-o até o beco, onde ele acendeu um cigarro e esperou nas sombras. É difícil seguir alguém discretamente quando eles já estão no melhor lugar para se esconder, mas eu me virei. Como previsto, após alguns minutos de espera, ele começou a seguir uma mulher enquanto ela caminhava para casa.

Eu segui ambos, interrompendo a perseguição assim que ele estava se aproximando dela. No momento em que eu estava puxando o punhal de bambu da minha jaqueta, ele gritou algo que eu não estava esperando: "Surpresa!"

Do nada, 25 pessoas apareceram de repente ao meu redor. Todas estavam segurando coisas que faziam barulho e balões, uma delas tinha uma porcaria de bolo. A festa de aniversário mais estranha que eu já vi, mas, bem, é o Japão.

Comecei a caminhar de volta para o bar, me sentindo como um maldito idiota, quando fui atingido por um taco na minha nuca.

. . . . .

Muito obrigado, americanos, por introduzirem beisebol ao Japão. Agora eles são viciados no esporte e isso significava que o taco de beisebol que o okami usou para bater na minha cachola era de alta qualidade. O melhor para me dar uma concussão.

Eu só poderia ter estado inconsciente por um minuto, pois, quando acordei, o okami ainda estava tentando me arrastar para uma área isolada. Acho que ele não queria me despedaçar onde os foliões podiam ver. Ele tinha por volta de trinta anos e era um executivo. Seu terno era bom, como se ele ganhasse um salário decente e seu cabelo tinha um penteado impecável. Todos esses assassinatos devem ter sido seu emprego secundário.

Portanto, aí está uma lição para você – primeiramente, você não pode reconhecer o monstro apenas pela sua aparência. Caras suspeitos podem ser bonzinhos, os empresários podem ser monstros. Em segundo lugar, se destacar da multidão quando você está caçando pode tão facilmente levar o monstro a você quanto levar você ao monstro.

Nesse caso, a sorte estava do meu lado. Esse cara sabia que eu suspeitava dele, mas ele provavelmente pensou que eu era um policial. Não tinha ideia que eu estava preparado para esse encontro. Vários monstros ignoram completamente o fato de existirem caçadores, já que não é como se houvesse uma sessão de orientação ao qual eles precisam comparecer quando descobrem que são monstros (... que a gente saiba). O okami não tinha percebido que eu acordei e ficou muito surpreso quando botei a minha perna atrás de seu pé, fazendo-o tropeçar. Eu estava em cima dele em um segundo, tentando alcançar meu punhal de bambu – mas não estava lá. Saco. Deve ter caído quando fui atingido. Pulei para longe dele e corri de volta à área iluminada onde ele tinha me atacado. Um taco de beisebol voador me atingiu atrás dos joelhos e me fez cair de cara no chão.

Mas eu tinha sido derrubado antes e, dessa vez, estava determinado a sair vitorioso. Peguei o taco, arremessei-o de volta no okami e eu o acertei bem na cara. Não importa quão grande você seja ou quão invulnerável a armas convencionais, isso deve doer.

Agarrando o punhal de bambu, eu corri de volta para ele, lutando com a besta enquanto ela arreganhava os dentes. Eles eram afiados como uma lâmina e estavam se dirigindo à minha artéria carótida. Eu coloquei o punhal de bambu entre nós e o empurrei em sua direção com a maior força possível, centímetro por centímetro, enquanto ele tentava revertê-la e me empalar no lugar dele.

Eu venci. O punhal escorregou de suas mãos e eu o enfiei bem no seu peito. Ele arquejava de dor, enquanto eu puxava o punhal para fora e o apunhalava de novo. E de novo e mais algumas vezes... droga. Na minha empolgação, eu tinha me esquecido de contar quantas vezes eu o tinha apunhalado. Cinco? Seis?

Eu tinha quase certeza de que eram seis, então eu dei mais uma violenta punhalada final. Eu o tinha apunhalado com tanta força que seu sangue esguichou de um buraco nas suas costas. Engraçado como isso se torna, rapidamente, um grande feito, e não a prova de que você é um sociopata.

O okami caiu no chão, morto. Eu esperei um minuto, prendendo a respiração. À distância, podia ouvir o grupo de festa se movendo noite afora. Pensei no quão perto eu tinha estado de matar aquele garoto acidentalmente e isso me fez pensar. A caça é cheia de zonas cinzentas, e essa é uma das piores. Às vezes você, simplesmente, não tem certeza de que pegou o cara certo. Mesmo depois de tê-lo posto debaixo da terra, pode ser uma dúvida. Dessa vez, eu tinha visto presas. Eu tinha certeza e me sentia bem demais. Minha primeira vitória real.

. . . . .

Mesmo no Japão, os celulares eram uma raridade extrema na época, então eu ia ter que lidar com o corpo sozinho. Após resgatar a pá que eu tinha deixado perto do bar, achei um lugar isolado e comecei a cavar. Depois de cavar dois metros, senti uma coceira na perna, agachei para coçar e — as presas do okami estavam na minha perna. O desgraçado não estava morto — eu devo ter contado mal as punhaladas. Eu o chutei na mandíbula e tirei meu punhal de bambu em um piscar de olhos, enterrei-o o mais fundo no seu esterno quanto possível. Vou pular para o fim — dessa vez, a criatura estava bem, e verdadeiramente, morta.

. . . . .

Os *hantaas* foram muito mais acolhedores depois de eu ter matado o okami, embora "acolhedor" para eles não signifique a mesma coisa que na minha parte do mundo. Eles me receberam para me treinar completamente em seus caminhos, mas me senti mais em um campo de treinamento do que em uma pousada. Eu aprendi tanta porcaria com eles que eu uso todo dia, que não é nem engraçado. A honra era seu negócio, o que remete ao que eu estava dizendo antes, sobre saber que você pegou o cara certo. "A coisa certa, a coisa honrosa", isso era o que o velho ficava me dizendo sempre.

Fomos a caçadas juntos por alguns meses, na maior parte do tempo com um dos *hantaas* assumindo a liderança. Fiquei feliz em ficar na retaguarda e os observar trabalhando, ver quais detalhes eles notavam e quais não. Algumas vezes, vi coisas que eles não viram. Esses eram os melhores dias — quando sentia que podia realmente contribuir com algo para um grupo que vinha fazendo isso desde que o maldito Cristovão Colombo estava navegando no oceano azul.

Dizer que viver no Japão foi terapêutico é dizer pouco. Grande parte da minha vida tinha sido estragada por perder Karen, mas estar em um lugar novo, um estrangeiro em uma terra estranha... era como se eu tivesse recomeçado. Uma oportunidade nova de viver, mas dessa vez, sentia que o que eu estava fazendo importava. Eu estava mudando o mundo para melhor, uma caçada por vez. Óbvio que antes de Karen morrer, eu nem sabia que esses problemas existiam, mas só porque você não sabe sobre alguma coisa, não significa que ela não vai matá-lo.

Enquanto eu estava lá, nós eliminamos aquele okami, um *yama-otoko*, que é uma espécie de ciclope misturado com troll, uma *hinoenma*, que na América nós chamamos de súcubo e mais de alguns fantasmas e espíritos vingativos. Poltergeists são populares no Japão e, se eu tivesse que adivinhar por que, diria que é por sua cultura ser tão rígida. Lá as pessoas são educadas, há uma hierarquia social rígida e as pessoas raramente se desviam dela. Se alguém entra em uma sala, você os cumprimenta formalmente. Toda vez. Pode cansar um pouco, mas eu tenho que dizer que é uma mudança agradável do modo como os americanos podem agir às vezes. Como os romanos de Rômulo Augusto. Enfim, se você viveu uma vida restrita como essa, não me surpreende que você fique um pouco maluco na vida após a morte, comece a agitar as coisas de um jeito que nunca puderam em vida.

Eu adorava viver no Japão, mas todas as coisas boas chegam ao fim. Chegou um dia em que eu tinha aprendido tudo que podia com os *hantaas* e eu reservei minha viagem de volta para a América. Num avião, se você estiver se perguntando. Eu não ia entrar em outro cargueiro de jeito nenhum.

RUFUS

QUANDO VOLTEI PARA SIOUX FALLS, passei uma semana só limpando o lugar. A casa tinha sido destruída antes de eu ir embora e eu tinha ficado longe por quase um ano, o que não ajudou. Só a poeira era o bastante para fazer o lugar parecer um túmulo. O que, de certa forma, era.

Meu próximo passo seria encontrar Rufus Turner. Ele tinha me dado suas informações de contato, mas eu tinha, inteligentemente, as jogado no meio do Oceano Pacífico. Então tive que usar métodos menos ortodoxos para encontrá-lo. Ele não é o tipo de cara que está na lista telefônica e isso foi antes de você poder fazer uma busca na Internet e obter uma resposta em cinco segundos.

Usei o mesmo método que tinha utilizado no Japão — eu dei a ele uma razão para vir a mim. Comecei a colocar histórias nos jornais da área de Sioux Falls sobre mutilações de gado, árvores sendo derrubadas por relampejos sem chuva, nuvens imensas de fumaça preta circulando as terras agrícolas, todo o pacote. Todo presságio de possessão demoníaca que eu consegui imaginar. E aí, eu esperei.

Rufus demorou três dias para chegar à minha casa. E, cara, ele se surpreendeu quando me viu esperando na varanda. Isso é um eufemismo, mas o homem não estava feliz em me ver. Ele tinha me deixado entrar em um mundo secreto sobre o qual apenas poucas pessoas ouvem falar, só para eu ter fugido sem sequer dizer tchau. Ele tentou me rastrear, mas supôs que eu tinha ou sido morto por um monstro ou bebido até a morte.

Tendo dito isso, convencê-lo a se juntar a mim não foi muito difícil. Ele ainda queria um parceiro e eu tinha aprendido bastante sobre caça durnte o meu tempo no exterior. Embora parecesse loucura, havia coisas que eu poderia lhe ensinar. Não que ele iria admitir isso algum dia.

Ele me fez algumas perguntas antes de cairmos na estrada:

- "Você está disposto a morrer por isso?" Eu respondi que era a única coisa pela qual eu estava disposto a viver, que foi o bastante para ele.

- "Você está disposto a me matar, se eu te pedir?" Eu lhe disse sobre todas as mortes que eu tinha visto no *Nishigo Maru*, sobre o okami, sobre todas as outras coisas que eu tinha vivido. Eu entendia o que significava se tornar um monstro e todas as razões pelas quais seria melhor morrer do que ser transformado.

- "Você gosta de música disco?" Eu imaginei que ele estava esperando por um sim, então foi isso que eu disse. Ele disse para eu pegar as minhas tralhas.

A partir desse momento, nós éramos um time. Assim como Sam e Dean, nós rodamos pelo país, ajudando pessoas, caçando coisas enquanto tentávamos obter qualquer prazer da vida que podíamos. Isso significou um monte de ótimos momentos, mas, também, um monte de terríveis. Provavelmente, os terríveis foram mais numerosos que os ótimos, mas eu sabia disso quando comecei. Era uma parceria perfeita, até eu ter estragado tudo. Mas eu vou chegar nessa parte.

ALGO DE BOM

O QUE MAIS ESTOU ME ESQUECENDO de escrever? Eu vou voltar com Rufus em um minuto, mas meu cérebro não consegue aguentar tantas recordações de uma vez. Provavelmente, porque grande parte das minhas memórias são tragédias.

Talvez eu devesse escrever uma boa. Algo grande que me aconteceu. O dia em que eu trouxe Rumsfeld para casa? Ele era meu cachorro, o melhor vira-lata que você já viu, e absolutamente amigável, contanto que você estivesse vindo na boa. Ele tinha o dom de saber quando as pessoas vinham para criar problemas e isso fazia dele um cão ainda melhor.

Eu o peguei quando ele era apenas um filhote, de um cara na I-29 vindo do norte de Kansas City. Ele havia parado na interestadual, seu compartimento do motor soltando fumaça e ele sinalizou para mim. Já que eu conhecia um pouco sobre carros, ofereci minha ajuda para consertar seu problema (correia de transmissão quebrada e a reserva que eu tinha na caminhonete, por acaso, servia) e, em troca, ele me deu um dos dois filhotes que tinha em seu banco de trás. Eu levei Rumsfeld para casa e...

Bem. Essa história também termina em tragédia. Sam e Dean vieram à minha casa, à procura de ajuda com um pequeno problema com o demônio que eles tinham. Então a demônia, ela mesma, apareceu na minha porta, Rumsfeld latiu para ela, depois desapareceu. Nunca mais o vi. Meg Masters, essa era a demônia. Não tive outro cão desde então, porque nenhum cachorro poderia substituí-lo. Exceto, talvez, o irmão de Rumsfeld, que ainda deve estar por aí em algum lugar.

Ok, então, falemos de outra coisa. Algo útil. Metamorfos? Aqui está um pouco da história dos metamorfos:

- Toda cultura no mundo tem lendas sobre os metamorfos. Eles o chamam de nomes diferentes, mas estamos falando sobre a mesma criatura. Um homem ou uma mulher que pode assumir a aparência de outra pessoa, incluindo a sua voz e os seus maneirismos. Eles são um dos poucos monstros realmente presentes no mundo todo, como fantasmas e vampiros costumavam ser antes de serem caçados até a quase extinção.

- Metamorfos têm limites. Eles têm que chegar perto das pessoas que querem imitar, ou, pelo menos, ter acesso a várias imagens. Quando eles mudam de forma, eles trocam a sua pele, cabelos, unhas, tudo do lado de fora tem que sumir. É uma das coisas mais nojentas que você vai ver, mas nem perto de ser tão ruim quanto saber que alguém está por aí fazendo coisas horríveis enquanto usa seu rosto.

- Eles só podem ser mortos por prata. Um punhal ou uma bala de prata no coração são os melhores métodos, mas sinta-se à vontade para tentar outros, se algum dia você tiver agarrado um. Quanto mais formas para eliminá-los, melhor.

- Metamorfos podem ser identificados por um brilho em seus olhos que aparece em vídeos e fotos. Em um aperto, você pode usar o visor a câmera de seu celular para vasculhar uma multidão à procura deles. Isso vale para um monte de outras criaturas sobrenaturais, também – uma história diz que capturar sua imagem revela sua verdadeira identidade.

- Alguns metamorfos são mais capazes e podem se transformar mais rápido e com menos descamação do que outros. O metamorfo alfa que Sam e Dean encontraram conseguia mudar sua aparência instantaneamente, sem nenhuma descamação. Isso significa para mim que os metamorfos ficam mais talentosos com a idade. A prática leva à perfeição.

- Eles podem manter uma conexão psíquica com a pessoa que estão imitando, contanto que a pessoa ainda esteja viva. A boa notícia é que a probabilidade de eles te matarem é menor se eles estão usando a sua aparência. A má notícia é que eles estão usando a conexão psíquica para saber tudo que você sabe, o que os dá a habilidade de entrar direto em sua casa e interagir com sua família de um jeito totalmente convincente. Todo segredo que você tem será revelado para o metamorfo.

Isso me traz ao caso dos gêmeos Douglas de St. Cloud, Minnesota. Rufus e eu fomos chamados por um amigo seu que viu uma foto estranha em um álbum de família. A imagem era de meninos gêmeos que eram indistinguíveis um do outro, exceto pelos olhos estranhos que um deles tinha na foto. O amigo de Rufus, quem ele tinha salvo de um ataque de wendigo alguns anos antes, sabia o suficiente sobre o mundo “real” para entender que a aparência estranha dos olhos do menino não era só irritação. O menino era um metamorfo.

Quando chegamos ao endereço onde viviam os gêmeos, Rufus e eu ficamos confusos. Era uma comunidade fechada para aposentados. Caras velhos entusiasmados estavam tirando seus tacos de golfe para jogar 18 buracos quando entramos pela porta e eles apontaram para a direção do quarto dos gêmeos Douglas. Quando os achamos, eles estavam no meio de um jogo de bingo acirrado. Não sabendo mais o que fazer, Rufus e eu esperamos o jogo acabar antes de encurralarmos. Essa é a foto que foi enviada a Rufus: ⟶

Os gêmeos Douglas tinham, agora, 81 anos de idade. A foto foi tirada sabe Deus há quanto tempo, e não havia relatos de desaparecimentos estranhos ou assassinatos inexplicáveis nos arredores de onde os irmãos tinham vivido a vida inteira. Um dos gêmeos era um metamorfo, mas até onde sabíamos, ele nunca feriu uma alma viva.

Eu aposto que você está esperando que essa história tenha uma reviravolta, mas você está errado. Depois de questioná-los por algumas horas e passar o dia na biblioteca vasculhando jornais velhos, nós não tínhamos nenhuma evidência de que Charles Douglas, o metamorfo, tinha feito qualquer coisa errada.

Ele tinha sido criado por humanos e se tornou uma pessoa decente. Quando perguntamos na lata para os irmãos, eles admitiram que ele era diferente da maioria das pessoas, mas que ele nunca tinha utilizado suas habilidade para machucar alguém. Ele era um bom monstro.

Nós o deixamos viver. Ele tinha 81 anos, o que de pior poderia acontecer?

Quer saber de uma coisa? Essa foi, na verdade, uma boa memória.

AS REGRAS

AO ANDAR COM O RUFUS NOS ANOS 80, eu aprendi uma coisa — o homem gostava de regras. Ele tinha um conjunto delas para cada ocasião e eu não passava um dia sem quebrar uma e receber uma lição de moral sobre o assunto. Ficou especialmente irritante depois de alguns anos, quando eu não era mais só um aprendiz — eu era mais do que capaz de lidar com uma caçada sozinho, mas ainda assim, sem falta, as lições de moral...

REGRA #1: ÆO QUE PARECE.

Quando começamos a andar juntos, ainda havia alguns ninhos de vampiro pelo país. Quando chegou o momento de nos separarmos, achávamos que eles estavam extintos. Mas no meio tempo, houve um período incerto, quando outros caçadores estavam constantemente alegando ter matado o último vampiro da Terra.

Nos arredores de Salt Lake City, nós estávamos acompanhando as notícias de vários adolescentes sendo mortos, suas gargantas rasgadas em pedaços, a maior parte de seu sangue drenado. Meu primeiro instinto foi que era um wendigo, mas sangria, geralmente, não era sua praia. Haviam alguns outros indícios que apontavam para uma conexão com os indígenas nativos, mas minha cabeça estava ficando um pouco confusa nessa parte. Tudo o que você precisa saber é que a sabedoria convencional, naquela época, dizia que vampiros tinham sido extintos, mas Rufus se recusava a acreditar. "Isso é o que parece", ele disse. Sempre era e sempre seria. A resposta mais simples é a mais provável e, nesse caso em particular, isso significava vampiro.

Vampiros têm sido parte da mitologia humana há milhares de anos — eles são uma das forças elementares do mal que tememos desde que sabemos o que é ter medo.

Porém, a maior parte da sabedoria popular está errada.

- Vampiros não têm medo de cruzes. Nem do nome do Senhor.

- Risque alho da sua lista também.

- Eles têm reflexos, como todo mundo.

- Eles não têm dois dentinhos insípidos em cima para morder. Eles têm dentes de tubarão. Dentes de tubarão afiados e muito, muito asquerosos que podem arrancar sua garganta com a mesma facilidade com que você mastiga uma uva. Eles são retráteis para não chamar atenção quando um vampiro está tentando ficar incógnito.

- Eles não vão queimar no sol, mas, de fato, ele os machuca. É mais como uma queimadura solar ruim do que qualquer coisa. Isso significa que eles são ativos à noite, a não ser que eles estejam sendo muito ousados. Se você ouvir de uma caça aos vampiros de dia, pode ser um de seus primos.

- Você não precisa convidá-los para entrar na sua casa. Eles vão, simplesmente, arrombar a porta. Que tipo de monstro excessivamente educado as pessoas pensaram que eles eram?

- Eles não podem ser mortos com uma estaca no coração. Isso é sério. Todo mundo leva consigo estacas de madeira para eliminar vampiros, mas isso sequer vai machucá-los. Você tem que...

- Decapitá-los. É o único jeito de matar um vampiro. Tirar sua cabeça completamente. Agora, a maneira como você vai fazer isso é sua escolha e eu encorajo você a ser criativo, como sempre.

- Eles precisam de sangue humano para viver. O que significa que, muitas vezes, eles têm que se deslocar de cidade para cidade para evitar a detecção e manter seu suprimento de sangue constante, muitas vezes...

- Viajando em grupos. Um humano pode alimentar vários vampiros e eles não iriam querer desperdiçar seu estoque de comida precioso, então eles trabalham juntos. Eles são um dos monstros mais sociáveis no zoológico e parecem ter laços sociais fortes entre os membros do grupo. Até dizem que eles acasalam para a vida, o que, quando você é mais ou menos imortal, é um grande compromisso.

- Eles nem sempre são totalmente ruins. Sam e Dean esbarraram em uma vampira chamada Lenore que foi capaz de controlar sua sede de sangue e se alimentava de gado.

- Eles são vulneráveis ao "sangue de homem morto", o que é exatamente o que parece. Já que o sangue humano fresco lhes dá vida (ou o que quer que você queira chamar o estado morto-vivo), o sangue de um humano morto anula esse efeito, fazendo com que eles fiquem mais fracos e mais lentos, mas isso não vai matá-los.

- Vampiros são transformados, não nascidos. Até onde a gente sabe, pelo menos, o único jeito de fazer um novo vampiro é dar a um humano sangue de vampiro.

- Vampirismo é curável. Não é nada bonito, mas enquanto o vampiro recém-transformado não tiver tomado um gole de sangue humano, ele pode ser transformado de volta em um humano. Samuel Campbell tinha a receita exata, então eu imagino que ela esteja em algum lugar da minha biblioteca. O que eu sei é que o coquetel requer o sangue do vampiro que transformou você, o que pode ser mais difícil de adquirir do que parece.

Então, como terminou o caso dos arredores de Salt Lake City? Rufus estava certo e nós estávamos procurando por um vampiro — mas apenas um. O resto do seu covil tinha sido dizimado por Daniel Elkins, um caçador especializado em rastrear e eliminar vampiros. Quando nós encontramòs o vampiro que restava, ele praticamente nos implorou para matá-lo — sua noiva vampira tinha sido uma das primeiras a ser morta por Elkins e ele não conseguia suportar continuar sem ela. Eu conhecia o sentimento e concedi o seu desejo. Ver o sorriso na sua cara ao cortar a sua cabeça... aquilo foi terrível.

REGRA #2: CONHEÅA-OS MELHOR DO QUE ELES CONHECEM VOCÇ.

Eu aprendi essa pérola em Topeka, Kansas, quando visitamos a Mansão Arthur, uma propriedade notoriamente assombrada que tinha fornecido diversão para uma geração inteira de crianças aventureiras. Todo ano, no dia 10 de agosto, as crianças desafiavam umas às outras a irem para dentro da casa e permanecerem por uma hora inteira.

Nós pulamos no caso quando algumas dessas crianças saíram da casa cobertas de sangue. Não era seu próprio, mas era o de alguém e ninguém tinha uma explicação racional para aquilo. As crianças afirmaram que um espírito tinha pairado sobre elas e tinha ameaçado arrancar suas almas diretamente de seus peitos, se elas não saíssem da casa. Elas fizeram exatamente o que eu teria feito — elas correram. Bem, através do que elas descreveram, como "um túnel de sangue e tripas". Parecia um poltergeist para mim.

A lenda:

- Os espíritos e os fantasmas são o remanescente de uma alma humana que não atravessou para o céu ou o inferno. Eles têm negócios inacabados que precisam resolver, antes de poderem seguir em frente, e isso os prende à Terra.

- Eles já estão mortos, portanto, nem tente matá-los.

- Você pode, no entanto, fazê-los cruzar para o outro lado. Alguns fantasmas estão presos a esse plano, porque algum pedaço deles permanece — restos mortais, algum objeto que teve um significado para eles, qualquer coisa pode ser o símbolo daquela pessoa.

- Salgar e queimar os restos de uma pessoa vai banir seu espírito. No entanto, verifique se você pegou *todos* eles, ou o espírito vai permanecer. Se a pessoa era um doador de órgãos, até o seu rim doado pode voltar para (literalmente) assombrar seu novo dono.

- Fantasmas não podem viajar, a não ser em circunstâncias especiais. Geralmente, eles estão presos ao lugar onde morreram ou onde seus restos estão localizados. No entanto, alguns fantasmas aprendem a pegar carona nos humanos para longe do lugar onde estão presos, deixando-os se mover no mundo exterior. No caso do rim assombrado, onde quer que seu rim vá, o fantasma vai também.

- Você também pode ajudar o espírito ao resolver os assuntos pendentes que eles têm aqui. Isso geralmente é mais fácil de falar do que fazer, especialmente porque envolve, muitas vezes, vingança contra a pessoa que o matou ou uma pessoa que o atormentou quando era humano.

- Fantasmas não podem cruzar uma linha de sal.

- Eles podem, também, ser temporariamente dissipados se atingidos com sal grosso. Mantenha alguns projéteis carregados em todo momento, nunca se sabe quando você irá precisar deles.

- Medidores de campos eletromagnéticos podem detectar a presença de um fantasma ou espírito.

- O ferro também mantém os espíritos à distância. Um pé de cabra de ferro é uma boa coisa para se manter no porta-malas por algumas razões, mas essa está no topo da lista. Um golpe com ele vai dissipar o fantasma por alguns minutos.

Na mansão Arthur, estávamos lidando com um espírito mais poderoso do que um fantasma comum, então planejamos de acordo. Nós trouxemos sal suficiente para guardar um cavalo, nossos detectores de campo eletromagnético, espingardas, o pé de cabra de ferro e todas as histórias sobre a casa. Quando entramos, descobrimos que as coisas eram mais complicadas do que pareciam.

Quarenta anos antes, ocorreu um suicídio em massa na casa. Ou, pelo menos, foi isso que os jornais diziam. Enquanto vasculhamos a casa, encontramos evidências de que as pessoas tinham sido *assassinadas*, na verdade. Em um quarto, arranhões cobriam as portas — arranhões de unhas humanas. Alguém tinha inscrito as palavras "Está vindo por nós" na parede. Em outro quarto, uma pilha de ossos roídos estava escondida em um baú de carvalho. Mastigar um osso estava além das habilidades de um espírito ou de um poltergeist, então o que estávamos enfrentando? Vamos avançar um pouco para...

REGRA #3: PODE SER OS DOIS.

Por exemplo, se algo deixa todos os sinais típicos de um lobisomem, mas uma das vítimas tem um buraco de um ferrão de uma alma penada na sua testa, talvez você esteja lidando com ambos. Eu sei, é uma loucura pensar nisso, mas há cidades com múltiplas infestações ao mesmo tempo. Você pode estar caçando um wendigo enquanto um rougarou* está fazendo um acampamento bem do seu lado.

Nesse caso, nós estávamos lidando com algo muito estranho. Descobrimos o que tinha acontecido há quarenta anos, um monstro de origem desconhecida tinha prendido um grupo de amigos na casa durante um jantar. Ele os matou, um por um, fazendo com que cada morte parecesse um suicídio. Quando a mídia ficou sabendo, houve um frenesi. Pessoas de todo o país vieram para a casa para olhar pelas janelas (a casa, ela própria, tinha sido fechada por tábuas depois de a polícia determinar que as mortes foram suicídios) e isso trouxe um homem chamado Gareth McIntosh para a mansão. Gareth não era um turista qualquer, ele era um caçador. Ele sentiu que os eventos na Mansão Arthur eram altamente suspeitos e ele invadiu a casa para investigar. O que aconteceu depois é um mistério, mas o resultado final é — Gareth falhou. Ele foi morto pelo monstro que assombrava os corredores, mas seu negócio inacabado, encontrar e matar a criatura, forçou seu espírito a permanecer na casa. Agora, o monstro e o fantasma

* Criatura comumente descrita como tendo corpo de humano e cabeça de lobo, parecida com o lobisomem. (N. do R.)

de Gareth estavam em uma batalha de décadas por controle da mansão e nós tínhamos acabado de entrar no meio dela.

Isso nos traz de volta à regra #2: conhecê-los melhor do que eles conhecem você. Você sempre quer saber mais sobre o monstro que você está caçando do que ele sabe sobre você ou eles terão a vantagem. Nesse caso, nós estávamos nos atualizando ao vasculharmos a casa, enquanto Gareth conhecia todos nossos truques. Afinal, ele era, ele mesmo, um caçador. Se ele não nos quisesse ali, seria capaz de combater qualquer movimento que nós usássemos contra ele.

Começou com nossos medidores de campo eletromagnético. Eles começaram a surtar assim que entramos pela porta, mas as leituras estavam nos guiando de forma muito clara em uma direção — o porão. Se não fosse por minha paranoia, o plano de Gareth teria funcionado. Ele tinha usado sua própria assinatura eletromagnética para nos conduzir direto para uma armadilha, um quarto com uma porta que só abria pelo lado de fora. Eu peguei a porta antes dela fechar, poupando-nos, por muito pouco, de alguns dias desagradáveis juntos e de conversas embaraçosas sobre se podíamos ou não comer um ao outro, uma vez que o outro morresse.

Em seguida, ele estourou os canos do banheiro enquanto estávamos procurando por ele, nos encharcando e ao nosso estoque de sal. Já que o sal dissolve tão facilmente na água, todas nossas reservas se foram ralo abaixo.

Foi assim durante três horas — um jogo de gato e rato que terminou com Rufus e eu no sótão, de cara com um monstro muito velho e ranzinza, que eu juro que era um minotauro. Rufus disse que era apenas um wendigo de aparência estranha, mas eu sei o que vi. A coisa veio para cima de nós, mas ela se mexia lentamente. Nós conseguimos correr, fazendo nosso caminho até um quarto no andar de cima. Dentro dele, achamos o esqueleto de Gareth. O que tinha restado dele, de qualquer jeito. Se ainda tivéssemos nosso sal, nós poderíamos ter salgado e queimado os seus restos ali mesmo. A vida é assim, eu suponho.

Em vez disso, Rufus teve uma ideia brilhante. Não precisávamos nos livrar do fantasma, precisávamos matar o minotauro (ou wendigo, que seja). Se nós fizéssemos isso, o negócio inacabado de Gareth seria resolvido e nós poderíamos seguir em frente. O único problema era matar algo que não sabíamos realmente identificar.

E foi aí que a *minha* ideia brilhante entrou em jogo. Nós conhecíamos alguém com décadas de experiência em caça em seu currículo e ele estava bem ali na casa. Se nós pudéssemos apenas *perguntar*, talvez ele pudesse nos dizer como matar a criatura. Afinal, ele tinha passado os últimos quarenta anos pensando nisso. Como um poltergeist, ele só podia manipular o mundo à sua volta até certo ponto; e claramente ele não foi capaz de fazer o que era necessário para matar o monstro.

Corta para... uma sessão espírita. Estávamos correndo um risco terrível, já que convocar o espírito de Gareth poderia irritá-lo mais ainda, mas era o único caminho. Rufus liderou a cerimônia, enquanto eu mantive o pé de cabra de ferro em mãos, pronto para começar a golpear se as coisas dessem errado.

Enquanto Rufus zumbia em latim, a sala foi ficando mais fria. Um espírito estava por vir. Quando Gareth apareceu, ele estava em sua forma humana. Ele não parecia tão intimidador assim. Mas não se engane, qualquer espírito que esteve preso e sozinho em um estado incorpóreo por tanto tempo vai ser mais do que um pouco louco. Gareth não era uma exceção. Quando ele falava, era como ouvir um rugido gutural misturado com suas palavras. Ele fez o ato usual de fantasmas, "Saia dessa casa", "Esse lugar será seu túmulo", "Você pisou em solo profano", blá-blá-blá. As coisas ficaram interessantes quando eu lhe perguntei sobre a criatura no sótão. Ele miou para mim, como se fosse um gato jogado dentro de uma banheira, mas se recompôs. Disse que aquela coisa era só dele para matar.

Isso não ajudava em nada, pensei e fiquei preparado para dar um golpe em Gareth com o pé de cabra e acabar com nossa festa.

Rufus falou. Perguntou se nós podíamos, ao menos, *ajudar* Gareth a combater a criatura. Para minha grande surpresa, Gareth assentiu. Disse que havia algo que podíamos fazer.

Existem encantamentos em latim que podem quebrar o vínculo de um demônio com seu corpo hospedeiro. Da mesma forma, há um encantamento que pode *forjar* uma ligação entre um espírito e um hospedeiro, permitindo que o espírito monte um humano como uma prancha de surfe, controle suas ações e veja através dos seus olhos humanos. Se fizéssemos isso por Gareth, ele poderia lutar e matar a criatura e, em seguida, seu espírito estaria livre e passaria para o outro lado.

Rufus estava completamente a favor, disse que iria se voluntariar para ser o hospedeiro. Eu lhe avisei que havia muitas falhas gigantes nessa lógica. Primeiramente, o que impediria Gareth de *ficar* no corpo de Rufus depois que ele terminasse? Além disso, da última vez que Gareth tentou matar aquela criatura, ela *o assassinou até a morte*. Seu histórico não era muito bom.

Mas Rufus era um melhor falante do que ouvinte. Ele concordou e nós fizemos o ritual em latim e, de repente, meu amigo Rufus estava falando com um sotaque escocês e desfrutando, de verdade, de sua nova capacidade de respirar ar.

Adoraria dizer, exatamente, como o resto da caça foi, mas passei o tempo todo trancado em um armário de vassouras. Gareth passou quarenta anos querendo vingar sua própria morte, ele não ia correr o risco de eu matar a coisa para ele.

Quando ele, finalmente, me deixou sair, o sotaque de Rufus tinha voltado ao normal e ele me disse que a besta estava morta. O negócio inacabado de Gareth tinha terminado e ele tinha passado para o outro lado do véu.

Por um mês inteiro, eu tinha certeza de que ele estava fingindo e que Gareth ainda estava lá em algum lugar. Eu até tentei incitá-lo com uma Guinness e salsicha com purê de batata, até que Rufus ficou irritado e me fez parar. Era para seu próprio bem.

REGRA #4: NUNCA V¿ A UMA MESMA CIDADE DUAS VEZES.

Essa é simples. Seguimos um súcubo até Lincoln, Nebraska, e acabamos sendo expulsos por um grupo de maridos furiosos — um ano antes, Rufus tinha estado em Lincoln eliminando um grupo de bruxas, quando um feitiço deu errado. Ele deveria estar fazendo um saco de feitiço para protegê-lo da magia do *coven*, mas, em vez disso, fez um saco de feitiço que induziu todas as mulheres em sua proximidade a se apaixonarem profundamente por ele. Rufus sendo Rufus não percebeu por alguns dias e presumiu que as mulheres de Lincoln eram, simplesmente, mais abertas com a sua sexualidade do que em outras cidades. A namorada de Rufus tinha rompido com ele pela décima vez no início do mês e ele recuperou bastante o tempo perdido. O homem se deu bem vezes em uma semana do que a sua vida inteira e não pensou por um segundo que algo sobrenatural estava acontecendo.

Foi só quando dois maridos furiosos bateram à sua porta que Rufus percebeu que tinha um problema. Ele se mandou da cidade em 15 minutos e jurou nunca mais voltar. Isto é, até o nosso caso nos ter levado lá. É muito difícil trabalhar em um caso quando há caras seguindo você com soqueiras. Acabamos tendo que chamar Martin Creaser para ir atrás do súcubo e Rufus nunca mais voltou para Lincoln.

REGRA #5: NÄO EST¿ MORTO ATÆESTAR CORTADO EM CINCO PEDAÅOS.

Falando em bruxas, St. Louis está repleto delas. Não sei o porquê, mas é verdade. Você não pode andar um bloco na cidade sem tropeçar em um saco de feitiço. Rufus e eu caçamos uma lá que era excepcionalmente cruel — ela vinha utilizando feitiços para transformar toda a comida na casa de seus vizinhos em ácidos. Não sei quais eram suas motivações — isso, com certeza, estava desvalorizando sua casa.

Quando finalmente a localizamos, eu coloquei uma bala na cabeça dela. Você imagina que isso seria o suficiente, mas nãooooo. A vadia ficou em pé de novo, me prendeu à parede com telecinese e começou a retorcer minhas entranhas.

A coisa boa sobre bruxas é que elas são, geralmente, fáceis de matar. Veja bem, as bruxas não são monstros, são apenas pessoas. Pessoas que, por qualquer razão, são babacas totais e usam magia negra para promover seus próprios interesses enquanto sacaneiam e matam as pessoas das quais não gostam.

É por isso que as queimamos. Elas merecem. Não é que um tiro não vá matá-las, é que queimar dói mais. Em épocas passadas, as pessoas tinham todo tipo de teorias malucas sobre bruxas — que elas boiariam se você tentasse matá-las, que elas podiam controlar a mente das pessoas, que elas voam por aí em vassouras. Nada disso é verdade.

No caso da bruxa de St. Louis, ela deveria estar mais acima na cadeia alimentar do que pensamos. Uma vez que elas desenvolvem telecinese, você sabe que uma bruxa (ou bruxo) não está brincando. Felizmente, ser bruxa não te torna mais inteligente. Rufus tinha se esgueirado pela porta de trás e cortou a cabeça da mulher com um machado. Então, ele a cortou na metade. Então, ele a cortou mais algumas vezes.

"Não está morto até estar em cortado em cinco pedaços", ele disse.

Eu amava Rufus.

ONDE ESTOU AGORA?

ACABEI DE ME LEMBRAR DE ALGO. O rosto da mulher, a mulher d'água do pântano. Ela estava estendendo a mão, e... eu não sei, parecia que estávamos sendo separados.

Eu tenho uma confissão a fazer. Eu nem me lembro de ter começado a escrever este livro. Há poucas horas, tive que reler a coisa inteira para saber o que estava fazendo e o que já tinha dito.

Por alguns minutos, eu realmente pensei em ir para o hospital. Como se eles fossem capazes de fazer qualquer coisa. Isto é... inquietante para mim. Eu não sou de pedir ajuda às pessoas, mas, neste exato momento, tudo o que eu queria é ter alguém com quem falar.

Talvez eu devesse dirigir de volta para Ashland. Uma parte de mim tem medo de que eu nem mesmo consiga chegar até lá. E se chegasse lá, não saberia o que procurar. Por que algumas coisas estão tão claras e outras tão turvas?

Tenho que seguir em frente. Continuar escrevendo. Alguma coisa vai fazer tudo se encaixar.

JOHN WINCHESTER

FOI DURANTE O MEU TEMPO CAÇANDO com Rufus que conheci, pela primeira vez, um caçador chamado John Winchester. Ele vinha construindo uma reputação gradualmente desde que estava na ativa (a partir de 1983) e, então, eu estava curioso para ver que tipo de homem ele era. A resposta: complicado. Na época, eu não tinha ideia que ele tinha filhos. Só que ele tinha assumido uma missão de tolo para caçar um demônio de olhos amarelos.

Nós nos juntamos a ele em uma caçada em Oregon, em uma área não incorporada fora de Baker City. Uma equipe de construção tinha desaparecido ao tentar derrubar uma casa abandonada. Os proprietários anteriores haviam desaparecido também, por isso, cheiramos algo sobrenatural no ar.

John me pareceu uma espécie de cara sensato, mas ele era tão determinado que era difícil acompanhar seu ritmo. Ele estava dentro da casa antes de sequer abrirmos o porta-malas e estava correndo para fora e xingando antes de eu colocar uma bala na câmara da arma.

A casa estava, deixando a maluquice de lado, *viva*. Em algum ponto de sua existência, ela tinha sido imbuída de consciência e um instinto de preservação e, simplesmente, não deixaria que alguém a demolisse.

Tentamos todas as porcarias nas quais conseguimos pensar para trazê-la abaixo. Fogo, machados e marretas; John até jogou uma granada ou duas no interior, mas a cada tentativa, a casa reagia e encontrava um jeito de se proteger.

Eu tive a chance de falar com John quando fizemos uma pausa para o almoço. Assim que estávamos fora do horário de expediente, ele mostrou a foto de seus garotos, Sam e Dean. Ele estava tão orgulhoso deles, Dean por seguir tão de perto os seus passos e Sam por ser tão bom na escola, apesar de eles mudarem tanto de casa. Ele sentia falta deles. Não os tinha visto há uma semana e meia, tinha deixado os dois com uma governanta em um hotel em Housatonic, Massachusetts.

Esse foi meu primeiro contato com o lado de John que eu não podia suportar. Eu tinha empatia por ele e entendia a sua necessidade de obter vingança pela esposa morta, mas ele tinha filhos para cuidar. Ele não deveria ter deixado que eles fossem criados por estranhos. Eu disse isso a ele. Ele se levantou e foi embora.

Finalmente, alguém teve uma ideia, não lembro quem. Cupins. Montes e montes de cupins. Deixá-los soltos no interior, onde poderiam comer lentamente o esqueleto da casa. Foi trazido à tona que o plano de cupins era jogar a toalha, que poderia levar anos para funcionar e que podia, muito bem, falhar como as granadas de mão, mas nenhum de nós queria ser mordido ao meio por uma porta de garagem, então, assim foi feito.

Eu passei por aquela casa há alguns anos, era só uma pilha de madeira podre. Às vezes, jogar a toalha é o melhor caminho a ser seguido.

A LISTA DE MERDAS

FALANDO EM JOHN, aqui está uma coisa importante que eu, definitivamente, não quero esquecer — todas as pessoas malditas que não consigo suportar. Eu dei a volta ao redor do sol algumas vezes e fiz minha cota de amigos e mais do que minha cota de inimigos, e esses são os que, provavelmente, vão dançar sobre o meu túmulo quando eu me for. Ouçam bem, seus idiotas, eu faria o mesmo com vocês (não estou incluindo pessoas que já estão mortas. De que adiantaria?).

Kurt Dremler. Por me deixar sozinho para lutar com aquele *shtriga* em Orlando, aquele covarde desgraçado.

Jason Larson. Esse babaca me deveu mais dinheiro do que qualquer outro que já conheci, mas em pequenas quantias espalhadas por 15 anos. Toda vez que eu o vejo, o cara precisa de cinco dólares para alguma coisa. Nós vamos almoçar, ele esquece a carteira. Eu o encontro para pescar, ele esqueceu seu equipamento, precisa parar na loja de pescaria para comprar mais. Ele paga de volta... eventualmente, após muita insistência.

Alexis Sinclair. A mulher que possui o terreno logo atrás do meu. Essa mulher tem causado mais problemas para mim do que a maioria dos monstros. Ela só não é razoável. Claro que vai fazer barulho, senhora, é um triturador de carros! Nossa. Ligue para a prefeitura mais uma vez, por que não?

Derek Knightley. Por aquela vez com o bicho-papão. Ele me deve uma espingarda nova, um conjunto de faróis traseiros novos e alguma parte da minha dignidade de volta.

Michael Wal. Ele sabe o porquê.

Xerife Mills. Quantas vezes eu tenho que explicar para ela — dirijo daquela maneira de propósito. A coisa está tão feia que agora eles me encostam só por entrar na cidade. Pode ser que eu tenha entrado em algumas brigas de bar e tenha bebido um pouco demais algumas vezes nos últimos *vinte anos*, mas não é tão ruim se você calcular a média. Como eu sempre digo a ela, se eu for ficar *muito* bêbado, vou fazê-lo no conforto do meu lar. Mills se redimiu um pouco nos últimos anos, mas eu ainda adoraria dividir o que penso com ela. Pena que eu não penso mais em muita coisa.

M. Night Shyamalan. O cara me deve $8.50 por *A Dama da Água*.

TEM GOSTO DE GALINHA

CARA, MINHA MEMÓRIA ESTÁ MESMO se esvaindo. Só estou vendo relances agora, algumas coisas eu entendo, outras não. Acabei de ter essa visão de Rufus lutando com um dragão-de-komodo... quando isso aconteceu?

Espere.

Certo. Anos 80. Eu me lembro agora. Essa é, de fato, uma boa, eu devo escrevê-la antes que eu esqueça.

Veja, às vezes, esse trabalho é nojento. Às vezes é *muito nojento*. E, às vezes, você está caçando um *nagual*.

Naguais são criaturas mesoamericanas que são conhecidas por migrar até o norte para o Kansas e o Colorado, se o tempo estiver bom. Eles preferem clima quente e abafado e, ao contrário de muitos bichos, atuam tanto de dia quanto à noite. Seu truque é se misturar com os humanos na maior parte do tempo, quando eles não estão na sua forma animal. Eles são primos distantes do metamorfo, do lobisomem, do xamã — todos eles têm a habilidade de se transformar em um monte de animais diferentes. Depende da personalidade do nagual, eu acho, mas ouvi falar de um que se transformava em uma cobra, outro em um pássaro e outro em cachorro (embora esse possa ter sido apenas um xamã identificado indevidamente).

Naguals têm um perfil ligeiramente diferente dos xamãs — eles matam humanos, mas preferem se alimentar em qualquer que seja sua forma animal nativa. Se eles são uma cobra, comem ratos, se são pássaros, comem minhocas. Deu para entender. Naguais são perigosos, mas não por causa de seus hábitos alimentares, mas devido ao seu método de procriação.

Um nagual e uma nagual podem se encontrar, se apaixonar, querer ter bebezinhos bonitos de olhos azuis juntos e tudo é perfeito até que eles percebem que a história da sementinha não funciona... porque eles são, literalmente, um pássaro e uma abelha.

Eles podem tentar se reproduzir o quanto quiserem, mas não vai rolar. Uma nagual pode engravidar na sua forma humana, mas assim que ela se transformar em um animal, ela vai abortar — e suas transformações não são voluntárias. Mais cedo ou mais tarde, eles vão perder o bebê.

Assim, para manter seus números, eles têm que recrutar. Eles são muito parecidos com vampiros nesse aspecto. Se eles querem um bebê, eles têm que roubá-lo de um casal humano e transformá-lo.

Depois de várias crianças desaparecerem na área metropolitana de Phoenix, Rufus e eu pegamos o caso. Alguns fatores nos levaram a acreditar que um nagual poderia estar envolvido — a família da primeira menina desaparecida falou que eles encontraram uma iguana fora de sua casa e a trouxeram para dentro e, quando sua filha foi sequestrada, o sequestrador levou a iguana também. Não parece que alguém se daria ao trabalho de levar um lagarto estando no meio de um sequestro, então começamos a pensar que, talvez, o lagarto *fosse* o sequestrador.

Nós caçamos a coisa por três municípios antes de ouvirmos uma conversa no rádio da polícia sobre um veículo inoperante em uma estrada deserta — o policial disse que o veículo era um *trailer* velho, vazio, exceto por um lagarto, alguns gatos, dois corvos, um coala e um sagui. Pareceu para mim e para Rufus que estávamos perseguindo um bando inteiro de naguais e que eles já tinham transformado as crianças roubadas.

Aqui está a parte mais importante da história: uma vez que você foi mordido por um nagual em sua forma animal, você vai se tornar um deles dentro de um dia. Existem maneiras de parar a transformação, mas somente se você alcançar a vítima antes da mudança. Visto que as crianças já tinham se transformado, elas já eram monstros. Não havia nada que pudéssemos fazer por elas, exceto impedi-las de fazer a mesma coisa com alguém. Parece duro, eu sei, mas não há jeito de contornar isso. Se eu fosse forçado a me tornar um tatu pela metade da minha vida, eu iria querer acabar com tudo imediatamente.

Quando chegamos ao *trailer*, o lagarto e o coala estavam, valentemente, tentando usar um macaco e um ferro de desmontar pneus para substituir seu pneu furado. Como eu já disse, naguais não podem se transformar à vontade, por isso, se eles estiverem presos em sua forma animal, fim da história. Nós pensamos que era um caso fácil, apenas mataríamos as coisas e seguiríamos em frente com o nosso negócio, até que as coisas ficaram esquisitas.

Rufus tinha apontado sua Desert Eagle para o coala, o que era a visão mais estranha que eu já tinha tido, e eu já vi muitas coisas estranhas. Enquanto ele estava falando com a coisa (dizendo-lhe para se afastar do ferro de trocar pneus, se me lembro corretamente), eu estava vasculhando o interior do *trailer*. Os dois corvos voaram e eu os persegui. Dei alguns disparos, posso ter atingido um, mas ambos escaparam. E, então, eu ouvi Rufus gritando: "Essa coisa maldita me mordeu!"

Eu me virei para o som, o vi lutando com um dragão-de-komodo gigante — ele devia estar deitado no asfalto frio embaixo do *trailer*. Ele tinha tirado um pedaço do braço de Rufus, que estava sangrando muito. Dei alguns tiros (usando balas de prata — como primos de lobisomens e metamorfos, prata é a única coisa que vai machucá-los) e consegui derrubar o dragão. Rufus e eu atiramos como malucos, eliminamos o bando inteiro, com exceção daqueles dois corvos (um deles, eu juro por Deus, voltou para cagar em mim quando eu estava atirando).

Em todo o caos, eu não tinha notado que o coala me arranhou. Essas coisas parecem fofinhas e simpáticas, mas eles são pequenos babacas, cada um deles.

Rufus e eu estávamos infectados. Nós dois iríamos nos transformar em naguais até o final do dia, se não fizéssemos algo o quanto antes. É aqui que entra a parte nojenta...

A única cura para o veneno do nagual é consumir a carne do nagual que mordeu você. Para Rufus, era o dragão-de-komodo. Para mim, era o coala estúpido. Mas aqui está a parte ruim — quando eles morrem, naguais se transformam e ficam na metade do caminho entre as duas formas. Meio homem, meio besta. Metade advogado fiscal yuppie, meio dragão-de-komodo. Metade garota hippie, metade coala.

Nós tivemos que comê-los.

Foi a refeição mais asquerosa da minha vida, e eu já contei para você sobre as algas-marinhas.

Então, se você se encontrar na mesma situação, faça o melhor dela, como Rufus e eu fizemos. Nós fomos a uma cozinha o quanto antes, e cozinhamos a melhor refeição gourmet possível com um nagual como base.

Aqui está a receita:

ELEGANTE CRIATURA COM PURÊ DE BATATAS DE MONSTRO

Você tem que comer o monstro todo. Desculpe, não há outra maneira de dizer isso. Mas a verdade é que, realmente, tem gosto de frango, se você cozinhar do jeito certo. Se você, alguma vez, tiver tempo de sobra e se você não tiver uma criatura em mãos, basta substituir por peitos de frango e a velha sopa de creme de galinha e você terá um banquete que impressionaria qualquer mulher. A primeira refeição que cozinhei para Karen. Se era boa o bastante para ela, é boa o bastante para qualquer um de vocês.

Ingredientes:
2 peitos inteiros de nagual, sem pele e desossados
8 fatias de queijo suíço
1 xícara (de chá) de sopa de creme de criatura (instruções abaixo)
1/4 de xícara (de chá) de vinho branco seco (ou uísque, se isso é tudo que você tem)
2 xícaras (de chá) de farinha de rosca temperada
1/3 de xícara (de chá) de manteiga derretida

1. *Primeiro passo: matar o maldito bicho. Se você foi mordido e ele saiu correndo, corra atrás dele. Caso contrário, vá em frente, substitua por frango e faça suas orações. É uma ótima última refeição para qualquer homem. Especialmente se você está prestes a se transformar em um coala e vai ser obrigado a comer folhas de eucalipto pelo resto da sua vida.*
2. *Quando você tiver certeza de que a coisa está morta, fatie-a. Separe os peitos. Coloque o restante em uma panela grande e cubra com água. Deixe ferver por uma hora, se você tiver tempo. Se você está começando a sentir os efeitos do veneno, pode tirar em meia hora, mas vai perder um pouco do sabor.*

3. *Para fazer a base de sopa, coe a carne e os ossos e coloque 1 e 1/2 xícara (de chá) de caldo de bicho em uma frigideira; deixe ferver. Adicione 1/2 xícara (de chá) de leite integral ou creme de leite e 3/4 de xícara (de chá) de farinha. Adicione à mistura fervente e continue a bater vigorosamente até que ferva e engrosse.*
4. *Coloque os peitos em uma assadeira de cerâmica 20 cm x 30 cm e cubra com fatias de queijo. Combine a base de sopa com o vinho e despeje sobre o queijo. Misture a farinha de rosca e a manteiga e polvilhe sobre o nagual, o queijo e o molho.*
5. *Asse a 180º durante uma hora. Enquanto isso, prepare as batatas e o molho.*

PURÊ DE BATATAS DE MONSTRO

Corte e descasque meio quilo de batatas yakon. Adicione a uma panela grande com água fervente. Cozinhe até ficar macio, por cerca de trinta minutos. É aqui que as coisas ficam sujas. Enquanto as batatas cozinham, use um mixer para bater os pedaços restantes de nagual. Os ossos já devem estar moles o bastante, então a parte mais difícil vai ser liquidificá-los sem passar mal. É como fazer comida para bebê. Triture tudo e faça de conta que é molho de maçã. Quando estiver o mais uniforme possível, acenda o fogo novamente e deixe ferver. Vai estar bem grosso, então, dilua-o a uma consistência palatável. Normalmente, eu acrescentaria uma lata de sopa de cogumelos ao meu molho, mas se você não tiver isso por aí, leite serve. Quando as batatas estiverem prontas, amasse-as e adicione a maior quantidade possível de manteiga, sal e alho que você puder. Tire o nagual do forno, coloque-o em cima da batata, afogue-o em molho e diga a si mesmo que é frango.

ALFAS

MONSTROS NÃO SÃO COMO PESSOAS. Alguns deles tentam se misturar, alguns deles conseguem fazer isso melhor que outros, mas há uma constante: eles operam por regras diferentes das nossas. Eles têm suas próprias hierarquias sociais e costumes e desejos, muitos dos quais nunca vamos entender. O maior exemplo disso são os alfas. Por anos e anos, caçadores acreditaram que todo covil de vampiros que eles matavam era um reino separado e solitário que não tinha nenhuma conexão com os outros covis ao redor do mundo. Isso foi antes de nós descobrirmos que cada uma daquelas criaturas tinha uma conexão psíquica com o vampiro chefe, o alfa.

Outras criaturas têm o mesmo sistema. Lobisomens, xamãs, wendigos, metamorfos, fantasmas, djinns, espectros, todos eles têm alfas.

Como você luta contra um? Você não luta. Se você acha que matar um monstro normal é difícil, imagine uma luta contra um que está na Terra há, literalmente, milhares e milhares de anos, aprimorando suas habilidades e afiando suas garras/presas/que seja.

Em todo encontro que tivemos com um alfa, eles foram muita areia para o nosso caminhãozinho. Se os irmãos Winchester não conseguem derrotar um, eu odeio ter que dizer isso para você, mas você não tem a mais ínfima chance.

DRAGÕES

A COISA MAIS ESTRANHA SOBRE ESSA... doença que tenho, ou como quer que você queira chamá-la, é o que eu lembro e o que eu não lembro. Eu me lembro do sanduíche que Rufus comeu no dia depois de termos nos livrado do fantasma de Gareth McIntosh, mas não consigo me lembrar da cara da minha mãe. Perda de memória não seria tão ruim se você pudesse escolher quais coisas não lembrar. Eu gostaria de me lembrar da minha mãe, mesmo que fosse apenas para ter alguém para culpar pela forma como sou.

Uma mulher da qual você nunca vai esquecer depois de conhecê-la? Eleanor Visyak. Ellie é uma professora de estudos medievais na Univesidade de São Francisco e uma especialista em tantas coisas, que faz minha cabeça doer. Ou, talvez, seja o uísque. Ou a perda de memória. Enfim, se você precisa saber de qualquer coisa sobre dragões, ela é a pessoa a quem você quer perguntar. Por que dragões? Porque eles são o prato da semana. Depois de centenas de anos, eles voltaram de repente à cena e nós não temos muita certeza do porquê.

Muitos caçadores gostam de se virar sozinhos, descobrir as coisas por si mesmos. Mas é aí que nos metemos em problemas e é a razão de eu estar escrevendo tudo isso. Há muitas coisas lá fora que podem te pegar de surpresa. Precisamos nos organizar. Existem dragões? Sério? Esse é o tipo de coisa que nenhum caçador deve virar para trás e achar um fungando em seu cangote.

Não seria ótimo se alguém tivesse *anotado algo* sobre metade das criaturas que encontramos? Eu não consigo exatamente imaginar Dean escrevendo em seu diário toda noite (embora eu consiga imaginá-lo roubando o diário de Sam e zoando ele pelo que ele escreveu). Não se trata de escrever sobre seus sentimentos. Mas, ao menos, registrar as coisas importantes. E o principal é que tudo é importante. Se você não tiver tempo de escrever tudo o que você sabe sobre dragões, ao menos escreva de onde você tirou as informações. Isso é o que vou fazer aqui. Não sei absolutamente nada sobre dragões, mas sei que eles são importantes. Eu sei que eles vão ter algum significado, então vou apontá-los na direção certa — Eleanor Visyak.

Esse é um trecho de um manuscrito inédito que ela escreveu chamado *Folclore de Dragão, Fato e Ficção*. Não é a versão dos dragões sobre os quais você vai ler em *O Hobbit* — é coisa séria, direto da única pessoa que ainda acreditava neles *antes* deles reaparecerem repentinamente. Depois de ela ter apresentado seu manuscrito para publicação, a Universidade perguntou se ela queria ser transferida do departamento de Estudos Medievais para o de Escrita Criativa. Vamos ver como eles se sentem sobre isso depois de terem sido transformados em pó por um toque de uma pata de dragão. Eu odeio admitir isso, mas até eu acreditava que isso era mentira da primeira vez que ouvi. Foi só recentemente que voltei atrás e tirei a poeira de uma cópia do texto.

O FOLCLORE DE DRAGÄO: FATO E FICÅÄO

Escrito pela Professora Eleanor Visyak

Capítulo 9: A Espada do Dragão

Não importa o que Hollywood nos diz, há apenas uma maneira de matar um dragão: com uma espada forjada com o sangue de um dragão. O que suscita a pergunta: "De onde surgiu a primeira espada do dragão?"

Nas representações artísticas ao longo da história e de todo o mundo, os dragões são mostrados como um conglomerado dos medos humanos: a cabeça de uma serpente, o corpo de um leão, o hálito do Diabo. Embora os leões e as cobras não tenham relação com essa anedota, a história da espada do dragão envolve um conflito não muito diferente da infame rebelião de Lúcifer. Como o arcanjo impetuoso, que achou vergonhoso que Deus pusesse os humanos tão fortemente acima das outras criaturas da Terra, muitos dragões também acreditavam que era injusto que criaturas tão majestosas e poderosas quanto eles fossem confinadas às partes mais escuras e úmidas do planeta. Não foi o amor ao escuro que levou os dragões às cavernas e lugares úmidos que humanos raramente habitam. No começo, as coisas simplesmente *eram*. Foi só mais tarde que anjos, humanos, demônios e dragões começaram suas explorações existenciais e se perguntaram *por que* as coisas eram daquele jeito. Dragões eram capazes de incendiar uma cidade inteira com o toque de uma mão. Por que eles eram obrigados a viver na escuridão? Então, eles aumentaram sua força e seus números e planejaram ir para a luz.

Um dragão, Hypolyes, viu a ordem inerente ao *status quo*. Para cada espécie, um espaço foi designado, e os dragões não tinham mais direito à totalidade da Criação do que humanos, anjos ou demônios. Hypolyes foi para o purgatório, onde a Mãe Dragão residia, e contou-lhe os planos perniciosos dos outros dragões. A Mãe percebeu que tinha instilado poder demais em seus amados dragões; se ninguém pudesse matá-los, nada poderia impedi-los de destruir seus outros filhos, porque ela também tinha criado os vampiros e os lobisomens, rougarous e wendigos e ela adorava todos seus filhos igualmente. Ela sabia que uma vez que se os dragões tivessem deixado a escuridão, era apenas uma questão de tempo até que eles eliminassem todas as criaturas, inclusive, eles mesmos. Então Hypolies fez o sacrifício final para sua mãe e caiu em cima de sua própria espada. A lenda diz que a mãe chorou enquanto enchia um jarro com seu sangue, mas ela sabia que o sacrifício de um de seus filhos iria salvar a vida de muitos mais. Cinco espadas foram forjadas a partir desse sangue e espalhadas pela Terra. Quando os dragões começaram sua revolta, eles se espantaram ao descobrir que havia uma arma suficientemente poderosa para matá-los, e bateram em retirada para suas cavernas e lugares escuros mais uma vez. Ninguém viu um dragão por séculos, as espadas se perderam e as memórias de fogo de dragão tornaram-se lendas.

Mas as espadas ainda existem e o fogo do dragão ainda queima. Chegará o tempo em que eles vão sair da escuridão mais uma vez.

NOMES

QUERIDO DIÁRIO,

Eu sei, isso está ficando ridículo, né? Fragmentos de memórias estão flutuando na frente dos meus olhos, mas eu perdi o contexto. Não sei o que eles realmente significam. Há pouco, tive uma visão de um pedaço de papel cheio de nomes. Não tenho ideia de onde ele veio ou de quando eu o vi. Seriam caçadores? Não há sobrenomes, números de telefone, nada. Apenas nomes. Deve ser importante, certo? Eles não estariam nadando no meu subconsciente se não fossem, mas... Eu não sei. Aqui estão eles:

George
Daniel
Stephen
Edward (o nome do meu pai, eu acho. Eu nem consigo me lembrar.)
Matthew

Esses têm que significar alguma coisa. Parece que está bem na ponta da minha língua, mas eu não consigo descobrir o que é. Talvez seja uma lista de vítimas de alguma caça ao monstro que fiz. Talvez eles sejam os nomes de todas as pessoas inocentes que foram mortas, porque não fui bom o suficiente no meu trabalho. Talvez não tenha significado nenhum.

Timothy
Chester
Isaac (acho que era o nome do pai de Karen)

Alguns nomes de mulher também:

Maria
Sarah
Carolyn
Madeline
Rose
Josephine

. . . . .

Maldição. Eu me dei conta do que isso era. Apenas... não se preocupe com isso.

Agora, de volta à nossa programação normal.

OMAHA

NÃO POSSO EVITAR ISSO POR MAIS TEMPO. Sinto que minha vida inteira está se despedaçando, coisas que fiz quando era criança estão se confundindo com coisas que fiz na semana passada. Eu estava em um acampamento para escoteiros e caçando um xamã. Não, isso é...isso não faz nenhum sentido. Tenho que escrever as coisas que ainda fazem sentido.

Omaha. Eu estava em Omaha com Rufus e nós estávamos seguindo o rastro de algo feroz. Estávamos juntos há tempo suficiente para saber o que éramos capazes de fazer e quando precisaríamos de ajuda, e esse era um caso em que precisaríamos de reforços.

Nós ligamos para os suspeitos comuns: John Winchester, Martin Creaser, Daniel Elkins, mas nenhum deles poderia chegar a tempo. A coisa que estávamos perseguindo tinha matado 14 pessoas em cinco dias. Ou eram quatro pessoas em dois dias? Pedaços estão faltando aqui. *Pedaços enormes* estão faltando, na verdade. Tudo o que sei é que, se não fôssemos atrás da coisa bem ali, aí mais pessoas iriam morrer e o sangue delas estaria em nossas mãos.

Tenho orgulho do que faço. De ajudar as pessoas, de tentar tornar o mundo mais seguro e melhor e menos... perverso. Mas não estou orgulhoso do que fiz em seguida.

Liguei para a filha de Rufus. Ela tinha se tornado uma jovem mulher independente e já que ela já sabia sobre o trabalho que fazíamos, eu não via problema em perguntar se ela podia nos ajudar por um dia. Eu não estava pedindo que ela caçasse qualquer coisa. Eu não estava pedindo para ela segurar e disparar uma arma, ou se colocar na linha de fogo, tudo o que precisávamos era de uma vigia, ou... uma motorista? Eu sei que eu não a teria colocado em perigo. Eu não poderia porque sabia que ela era tudo o que Rufus tinha. Ele e sua namorada ocasional nunca seriam almas gêmeas, eles nunca iriam envelhecer juntos. Sua filha, porém, estava ali por ele para tudo. Ele ligava para ela todos os dias da estrada, contava para ela o que tinha visto. Confiava nela de um jeito do qual eu tinha inveja... eu acho que é por isso que estou dizendo tudo isso agora.

Quando chegou a hora de fazermos nossa jogada, ela estava lá. Eu não tive tempo para contar a Rufus com antecedência e ele ficou furioso. Quase abandonou a coisa toda, mas...

Será que ele foi embora?

Ou estou confundindo tudo?

No final das contas, Rufus e eu tinhámos matado nossa presa, mas não antes de ela ter matado sua filha. Uma observadora inocente, apanhada no meio de uma situação na qual ela nunca deveria ter estado.

Depois disso, Rufus seguiu seu próprio caminho, eu voltei para Sioux Falls em exílio autoimposto por um tempo. Não parecia que eu era capaz de tentar proteger as pessoas, se eu não podia sequer proteger a filha do meu parceiro. Aquela foi a última vez que estive com regularidade na estrada. Desde então, eu me considero mais como um posto de comando para os caçadores, um recurso a ser chamado. Eu me coloquei em aposentadoria desonrosa. Eu era grato pelos *hantaas* não poderem ver o que eu tinha me tornado.

Ela morreu por minha culpa. Eu fiz do mundo um lugar muito pior aquele dia.

AQUELES QUE SE FORAM

EU PERDI MUITOS AMIGOS ao longo dos anos. Provavelmente, a única razão de isso não ter me deixado completamente maluco (até agora, eu suponho, já que a maioria das pessoas definiria não se lembrar de metade da sua vida como loucura) é que não me deixo pensar nisso. Há algo realmente triste em ser o último de uma geração. Quase todo mundo com quem cresci está morto. Eu sou o caçador mais antigo que conheço, eu sou o único que se lembra da velha maneira de fazer as coisas, antes da internet, do Facebook e do *sexting**. Samuel Campbell, o avô de Sam e Dean, que foi trazido de volta do mundo dos mortos por razões complicadas demais para explicar, era como eu. Não conseguia saber a diferença entre uma entrada de USB e um buraco no chão. Como se fôssemos pérolas do mesmo colar, só que eu sou eu e ele era a porra de um desgraçado total. E agora ele está morto pela segunda vez. Viu como são as coisas?

Karen. Disse tudo o que posso dizer sobre ela. Ainda sinto sua falta todo dia.

John Winchester. Eu tinha muitos problemas com o homem, principalmente por ele tratar seus filhos como apenas outro conjunto de mochilas para arrastar com ele de caça em caça, mas saiba disso: John foi o melhor caçador que já existiu, e um daqueles caras fundamentalmente decentes que você sabe que nunca te esfaqueariam pelas costas. Não me impediu de disparar sal grosso nele, mas qual o problema com... um pouco de violência armada entre amigos? Eu daria qualquer coisa para ter John de volta, mesmo que apenas por Sam e Dean. Aqueles meninos perderam tanto em suas vidas, perder seu pai foi apenas a cereja terrível no bolo horrível.

---

* Trocar fotos eróticas próprias com outra pessoa. (N. do R.)

Ellen, Bill, e Jo Harvelle. Nunca cheguei a conhecer Bill muito bem, mas John era muito próximo dele. Eles iam em caçadas juntos às vezes, quando alguém sentia que precisaria de mais potência. Essa história terminou em uma tragédia total — Bill estava caçando com John quando foi morto e Ellen nunca perdoou John por isso. Bill tinha uma filha, Jo, e aquela menina precisava de seu pai.

Talvez as coisas tivessem sido diferentes para Jo, se seu pai tivesse vivido. Eu gosto de imaginar que ele nunca a teria deixado virar caçadora, não importa o quanto ela quisesse seguir os seus passos. É um trabalho para pessoas que não têm outra opção e aquela garota era tão inteligente, ela poderia ter ido tão longe na vida. Eu sei que Ellen culpou Sam e Dean um pouco por Jo ter pego a espingarda de sal grosso, mas não foi realmente culpa deles. Eles só fizeram o que fazem e ela queria fazer parte disso. Foi o pai dela — ele não deveria tê-la exposto a isso. O que ele estava pensando? Deixar uma menina pequena descobrir todas as coisas terríveis que estão lá fora, rondando na escuridão. É disso que um pai supostamente deve proteger seus filhos. Meninos *e* meninas.

Jo queria tanto ser uma caçadora que isso a matou... Eu sei que, depois do que contei a você sobre Rufus e sua filha, eu não posso dizer nada. E é, por isso, que eu me sinto tão mal em relação a Jo. Eu pensei que tinha aprendido a maldita lição, mas não tinha. Precisei que dois jovens morressem para ver isso. *Se você tem filhos, se aposente*. Eles precisam de você mais do que o mundo.

Ellen, ela era uma figura. No melhor significado possível da palavra. A mulher era extremamente dura, mas, mesmo assim, tão doce como uma xícara de açúcar. Quando ela morreu (ela e Jo se sacrificaram para dar a Sam e Dean uma chance de matar Lúcifer, apenas para o plano dos meninos falhar), eu fiquei mal por semanas. Algumas coisas, simplesmente, não são justas, e essa era uma delas. Nós somos os mocinhos. Nós deveríamos levar a vitória. É assim nos filmes e é assim que devia ser no mundo real, mas eu já vi heróis suficientes sendo destruídos para saber que há vezes em que os bandidos ganham. O final de *O império contra-ataca*, sabe, essa é a verdade. Esse é o mundo. Não pode ser *O retorno do Jedi* o tempo inteiro. Eu ainda estou fazendo sentido? Ellen e eu éramos os últimos de uma geração, e agora ela se foi.

Martin Creaser não conta. Ele é tão maluco quanto um... maluco. Deus, eu nem mesmo consigo mais montar uma frase.

Rufus Turner. Já contei sobre a maior parte do meu tempo com Rufus e sobre a nossa briga, mas eu não disse como ele morreu. Nos últimos meses, estávamos envolvidos com esse negócio do purgatório. Veja, o purgatório é como o céu e o inferno, uma espécie de plano alternativo de existência, paralelo ao nosso, mas enquanto o céu está repleto das almas dos justos e o inferno está cheio de babacas, assassinos e pessoas que falam durante o filme, o purgatório está cheio de monstros. Eu acho que, no purgatório, eles não são considerados monstros, mas que seja. Quando as criaturas morrem (vampiro, rougarou, ou o que seja), as almas delas não sobem, nem descem, elas vão para o lado. Almas, já que elas são incrivelmente poderosas, são como munição celestial. O céu e o inferno as querem para que eles possam continuar sua batalha de egos pelo destino da Terra. Se o céu e o inferno conseguissem botar suas patas nas almas do purgatório, eles poderiam mudar a direção da guerra, talvez terminá-la de vez. Os poderes superiores do inferno fizeram uma tentativa de arrombar o purgatório, o que emputeceu a megera no comando de lá — a moça que criou todos os monstros originalmente, que é chamada de "A mãe de todos" ou Eve. Eve veio para Terra e... ela não ficou satisfeita com o fato de os caçadores terem matado tantos de seus filhos ao longo dos anos. Ela preparou uma armadilha para nós e nos virou uns contra os outros. No caos, Rufus foi esfaqueado. Tentei dizer a ele que eu estava arrependido pelo que tinha acontecido em Omaha, mas ele não me deixou. Ele foi para seu túmulo guardando esse ressentimento contra mim... querendo me odiar por isso. Eu acho que ele tinha o direito. Eu espero que ele esteja descansando em paz.

Adam Milligan. O meio-irmão de Sam e Dean, ele teve muito azar, com certeza. Antes mesmo de eles *o* terem conhecido, Adam já estava morto, assassinado por *ghouls*. Quando Dean "não" disse "sim" a Miguel durante o Apocalipse, Miguel ordenou que Zacarias ressuscitasse Adam. Ele foi trazido de volta à vida apenas para ser o peão em um jogo celestial — Miguel não tinha nenhuma intenção de usar Adam como receptáculo, ele só queria provocar uma reação em Dean. Quando Dean disse não a Miguel mesmo assim, ele, relutantemente, usou Adam como receptáculo, e ele acabou preso no inferno com Miguel e Satanás. O tormento pelo qual esse menino deve estar passando, eu não consigo nem imaginar.

Ash. Um gênio, embora você nunca fosse adivinhar isso olhando para ele. Ele morreu quando a casa móvel dos Harvelles foi incendiada. Morreu jovem demais, como Jo.

Pamela Barnes. Por que as bonitas sempre têm que morrer?

R.C. Adams, Jed Thurnby, Carl Moore, Olivia Lowry. Todos mortos durante a ascensão das Testemunhas de Jeová. Como se os caçadores precisassem se sentir mais culpados pelas pessoas que não salvaram.

Isaac Foster. Assassinado pelo demônio da Gula. Sua filha foi morta por um demônio e foi assim que ele e Tamara, sua esposa, começaram a caçar. Espero que ele esteja com sua filha agora. Espero que ele pense que tudo valeu a pena.

Daniel Elkins. O homem que foi creditado por caçar vampiros até a extinção, morto por vampiros. É um jeito irônico de morrer, mas ele não morreria de qualquer outro jeito. Ele me disse em uma ocasião que sabia que iria morrer de uma forma sangrenta, e ele estava certo.

Caleb Johnson. Morto por Meg Masters. Nunca o conheci tão bem como deveria, mas ele era um puta caçador.

E então tem o clã Campbell inteiro — Samuel, Mark, Gwen, Christian e alguns mais. Há um ano, eu não conhecia nenhum deles. Eles entraram na minha vida com a mesma rapidez que saíram — cada um deles está morto. Um legado caçador inteiro, destruído. Até onde eu sei, Sam e Dean são o fim da linha... e eu não os vejo tendo filhos tão cedo, se é que terão algum dia. Porque se eles tiverem, eu espero que sejam espertos o bastante para não continuar caçando.

Algo me diz que ambos os meninos Winchester ainda estarão caçando quando seus nomes forem acrescentados a essa lista, e que esse dia vai chegar muito em breve.

COMIDAS FRITAS

DEUS, EU ESTOU DESMORONANDO AGORA. Tudo está desaparecendo. Do que mais preciso me lembrar?

Ok. Isso pode não parecer importante, mas é para mim. Minhas comidas fritas favoritas:

- **Bacon frito.** Isso existe. Eu comprei isso na feira de Lincoln County, há quatro anos. No mesmo dia, conheci uma mulher chamada Reba, me apaixonei por ela, cegamente, teria casado com ela... então acordei na manhã seguinte e não podia suportar a mulher. Isso é o quão bom bacon frito pode ser. Eu recomendo fortemente que você coma um desses antes de morrer, pois caso contrário, sua vida não será completa.

- **Twinkies*** fritos. Eu preciso explicar isso? Seguindo em frente...

- **Cerveja frita.** Essa é rara, não é qualquer um que consegue fazer com que isso aconteça, mas quando eles conseguem... céu. Eu quero dizer isso literalmente. Quando eu estiver no céu, você pode apostar que é isso que eu estarei comendo. Além disso, é um estimulante e um calmante. Comida frita aumenta sua pressão sanguínea, a cerveja te relaxa. Um compensa o outro. Ciência.

- **Peru frito.** Não seria Ação de Graças sem ele. Quando eu era pequeno, não era Ação de Graças sem um dos meus tios ficar bêbado e bater seu quadriciclo no galinheiro do vizinho. Dessa forma, você come tanto peru quanto galinha no jantar, porque meu velho tinha que pagar pelas galinhas mortas e

* Bolinhos recheados. (N. do T.)

nós não íamos desperdiçar comida só porque tinha marcas de pneu nela.

š **Pizza frita.** Mais simples do que você pensa. Um lugar em Sheboygan as vende, um homem pode morrer só de respirar o ar oleoso naquele buraco. Tendo dito isso, eu nunca desperdiçaria a chance de comer algo tão gorduroso por fora *e* por dentro.

š ‹ **FlautasŸ.** Eu persegui um wendigo através da fronteira mexicana em 94, acabei ficando lá por um mês. Tinha um pequeno café, nada mais do que uma placa de neon na janela da sala de estar de uma mulher... a melhor comida que já comi. O lugar nem tinha um nome, apenas a placa de neon, que dizia "Flautas". Falando sério, você mataria um homem para ter em mãos um desses pequenos tubos de alegria frita. A dona da casa não era de se jogar fora também. Eu diria para você passar lá se fosse para aqueles lados, mas a última coisa que ouvi foi que a cidade foi obliterada em um deslizamento de terra – durante o Apocalipse. Obrigado, Satanás... seu idiota.

A ÚLTIMA VONTADE E TESTAMENTO

EU NÃO TENHO MUITO quando se trata de propriedade, mas acho que chegou a hora de dizer para onde eu quero que tudo vá, uma vez que eu me for.

Minha coleção de carros, apesar de estar num mau estado, vai para Dean Winchester. Trate-a quase tão bem quanto você trata o Impala e ela estará em mãos melhores do que jamais estiveram comigo.

Minhas armas, essas vão para Sam. Porque não quero que você se sinta deixado de fora e, principalmente, eu sei que você vai dividir com Dean. Meu verdadeiro presente para você, Sam, é dar permissão para você digitalizar todos os meus livros, como você vem insistindo que eu faça há anos. Divirta-se.

Minha casa, queime-a até não sobrar porcaria nenhuma. Esse lugar ainda guarda muitas memórias terríveis para mim, é um milagre que eu tenha conseguido viver aqui eu mesmo. Deixe outra pessoa começar uma vida nova aqui, com uma casa que não tenha toda essa bagagem.

Meus livros, eu os deixo para os caçadores de todas as partes. Façam o que vocês precisarem para levá-los ao mundo, para um lugar no qual eles possam realmente ajudar as pessoas.

Todo o resto, doe para caridade. Para pessoas que passam por tempos difíceis, do mesmo jeito que eu passei tantas e tantas vezes.

. . . . .

Vou tentar fechar os olhos um pouco. Eu espero acordar.

SAM E DEAN

UAU. Alguma coisa acabou de... soltar no meu cérebro. Eu vi a mulher do pantâno, mas dessa vez ela estava na frente de um campo de estrelas... mas não era no lado de fora. Elas eram estrelas pintadas em algo. Onde ela estava?

Eu esperava que esse exercício mental fosse ajudar a expelir uma memória, que eu tinha descoberto uma pista que ia me ajudar a consertar a mim mesmo, mas... eu não estou melhor agora do que quando comecei. Estou pior, na verdade, já que a maior parte da minha mente se foi. É como se... algo estivesse vasculhando minha memória e jogando fora as partes que não quer. Quanto ao que pode ser esse algo, já pensei em todas as possibilidades que conheço, escrevi tudo, mas falhei.

Um pensamento me ocorreu: o que quer que seja essa coisa, pode estar na minha casa. Pode estar bem aqui, rindo nas sombras enquanto eu me debato, tentando parar o inevitável. Caramba. Eu acho que realmente penso que... isso *é* inevitável.

Eu não digo isso com frequência, mas desisto.

Já disse tudo o que tinha para dizer, deixei todas as instruções de que me lembro. Eu poderia continuar por mais mil páginas, mas é para isso que serve minha biblioteca. Se você precisar de respostas que não possa encontrar aqui, você sabe onde procurar. Ou ligue para Sam e Dean, ou Creaser, ou Visyak, Rodger Stanton, ou Willie Freeman — seus números estão... em algum lugar. Eu nem sei onde os mantenho mais.

Então, é isso. Estou terminando esse pequeno *memento mori* com uma nota final. Uma mensagem para Sam e Dean, se eles encontrarem isso um dia.

Eu conheci Sam e Dean, pela primeira vez, quando eles eram minúsculos. Dean devia ter seis ou sete. Sam, três. Mesmo então, você podia ver suas personalidades claramente. Dean era o soldadinho bom do papai, andando e falando como John o melhor que podia, já Sam era mais quieto — mais reservado, introspectivo, olhando o mundo e realmente pensando antes de agir. Eu nunca conheci Mary, mas imagino que ela era assim também.

Quando eu realmente conheci bem a família Winchester, eu já tinha desistido da vida na estrada e estava estabelecido em Sioux Falls. John me ligava com bastante frequência para pedir informações, reforços ou um lugar para ficar. Na maioria das vezes, porém, ele precisava de um lugar para deixar os rapazes, enquanto ia atrás de uma coisa perigosa.

Para eles, eu era o tio Bobby — o velho maluco com um quintal muito legal. Até Sam, que não gostava muito de carros, não conseguia deixar de se divertir no ferro-velho, brincando de pique esconde com Dean e imaginando histórias para cada um dos carros. Eles tinham uma família? Eles sentiam falta dela?

Quando John voltava de suas caçadas, nós todos sentávamos em volta da minha mesa na cozinha e falávamos sobre o que tinha acontecido quando ele estava fora. John inventava uma história sobre seu trabalho como vendedor para poupar Sam, e Dean via bem através dela. Sam ficava sentado e ouvia e, às vezes, contava para John sobre um livro que tinha lido. Quando Sam ia para a cama, Dean recitava todo o folclore que tinha aprendido ao bisbilhotar minha biblioteca, muito orgulhoso de ser um dos homens.

Então, eles desapareciam por alguns meses. Eu me preocupava tanto com aqueles meninos, que era como ver meus filhos irem para a guerra, todas as vezes que eles iam embora. John era um grande caçador, mas ele não era cuidadoso. Não cuidadoso o bastante, de qualquer jeito, ele levava duas crianças pequenas consigo.

Em 1991, dei um presente para Sam para ele dar a John no Natal. Era um amuleto que eu comprei de uma mulher em Tampa, que me disse que era de proteção. Minha intenção era muito simples — se eu pudesse fazer qualquer coisa para garantir que John sempre estivesse lá pelos meninos, eu o faria. Na próxima vez que eu os vi, em janeiro de 1992, Dean estava usando o amuleto. Sam tinha dado a ele em vez do pai e eu perguntei por quê. Sam tinha descoberto a verdade sobre o que o pai fazia e os riscos que ele corria todos os dias. Sam se sentiu traído, pois John havia mentido para ele por tanto tempo. Não fazia sentido para ele que seu pai se esforçasse tanto e arriscasse tanto por outras pessoas, em

vez de proteger seus próprios filhos. Esse foi o verdadeiro começo da briga de Sam com John e eu tenho que dizer que... eu concordava com Sam.

Ao mesmo tempo, eu tinha perdido minha própria esposa para um demônio. Eu nunca tive a minha vingança. Eu entendia John. Mas... quando Karen morreu, eu fiquei sem nada. *John tinha uma família.* Ele tinha tanto para viver, eu tinha inveja dele. Se aqueles fossem meus meninos, jamais iria atrás do demônio que matou a mãe deles. Eu teria ido para uma cidade pacata e procuraria me certificar de que suas vidas seriam tão normais quanto possível.

Eu sei, isso é tudo conversa, não posso saber o que eu realmente faria. Mas a busca de vingança de John o matou e arrastou seus filhos para uma vida que vai, eventualmente, matá-los também (já matou algumas vezes, mas, até agora, não colou).

Um dia, os Winchesters apareceram na minha porta e Dean tinha uma arma no seu cinto. Ele tinha 12 anos. Se eu soubesse que os meninos sabiam atirar — diabos, eu os teria levado para praticar tiro ao alvo, eu mesmo, mas isso foi longe demais. Eu tentei falar com John sobre isso, mas ele não quis saber. "Eles precisam saber a verdade sobre o que está solto por aí, Bobby", ele me disse. "Eu tenho que ter certeza de que eles estão prontos."

Ele treinou aqueles meninos como se eles fossem da Marinha. Dean era o mais animado, mas Sam sabia atirar bem também. Eles eram bem versados em todos os tipos de folclore sobre monstros, eles sabiam a diferença entre um fantasma e um poltergeist (um poltergeist pode mover coisas), eles podiam desmontar um rifle em 30 segundos. Eles, também, nunca tiveram a chance de serem crianças.

John os deixou comigo para ir em uma viagem para caçar em Montana, disse que ia ficar fora uma semana. Depois de dez dias, comecei a ficar preocupado. Ele já tinha um telefone celular a essa altura, mas não estava atendendo. Os meninos tinham idade suficiente para saber que eu estava preocupado, mas menti. Disse a eles que tinha falado com John e que ele voltaria o mais rápido que pudesse. Secretamente, comecei a ligar para os hospitais e necrotérios em Montana, vendo se seu corpo tinha aparecido em algum lugar.

Depois de duas semanas, comecei a ligar para todos os caçadores que eu conhecia, para ver se alguém podia ir lá ver se ele estava bem. Eu não podia deixar os meninos sozinhos, eu seria tão ruim quanto John. Ninguém estava disponível, os anos 90 foram anos atribulados para os caçadores. Tudo o que eu podia fazer era continuar esperando.

Era verão, então os meninos não estavam na escola. Fiz o meu melhor para mantê-los ocupados, para evitar que eles fizessem perguntas sobre onde John estava e quando ele voltaria. Sam foi o pior, já que era menor e ainda inocente. Ele acreditava em qualquer mentira que eu contasse, mas me matava fazer isso.

Depois de um mês, aceitei o fato de que John estava morto. Decidir como contar para Sam e Dean foi uma das coisas mais difíceis que eu já tive que fazer, e eu odiava John por me fazer passar por isso. Sentei com eles na minha sala, mas não conseguia dizer as palavras. Eu tinha lágrimas nos meus olhos quando eu disse finalmente: "Meninos, seu pai não vai voltar dessa vez."

Sam ficou tão chocado que não conseguia nem chorar. Dean, ele gritou comigo. Me chamou de mentiroso, me disse que era difícil matar John, que ele estava apenas ocupado com um caso e ele estaria em casa em breve. Eu queria dizer, "Você está certo, Dean.

Tenho certeza de que ele voltará em breve." Eu não podia. Eu tinha que arrancar o *band-aid* de uma vez só, fazer com que Dean entendesse que esperar a volta de John só ia piorar as coisas. Dean e eu nunca brigamos tão sério desde então. Ele estava gritando, batendo no meu peito, me xingando por não acreditar em John. E, por esse tempo todo, Sam apenas ficou lá sentado em silêncio. Absorvendo tudo.

Fui longe demais. Na tentativa de fazer Dean entender, eu disse coisas sobre John que não podia retirar. Coisas que nenhum filho jamais deveria ouvir sobre o seu pai. Eu disse que John era um idiota, um imbecil por perseguir a coisa que tinha matado sua mãe e que seria melhor se eles tivessem sido colocados em um orfanato depois que Mary morreu em vez de serem arrastados por John. Todo pensamento ruim que eu já tinha tido sobre ele, eu botei para fora ali mesmo. Entre isso e o que aconteceu em Omaha, eu já contei a você sobre os dois momentos dos quais eu menos me orgulho.

Dean saiu em disparada e desapareceu na floresta perto da minha casa. Por dez horas, esperei ele voltar. Enquanto eu contemplava ter que chamar a polícia para me ajudar a encontrá-lo, percebi o quanto Dean parecia com o pai. E que a reação de Dean era apenas a sua maneira de processar o que ele sabia que, no fundo, era a verdade, que John realmente não ia voltar. Eu tinha tornado as coisas muito piores do que elas tinham que ser. E o pobre Sam... inteligente o suficiente para saber exatamente o que estava acontecendo, mas tímido o bastante para suportar tudo em silêncio. Só Deus sabe a dor que ele estava sentindo.

À meia-noite, ouvi passos nos meus degraus da frente. Quando eu abria a porta, ali estava Dean, segurando a mão de John Winchester.

Ele estava vivo. E quando ele voltou, achou seu filho na beira da estrada, tentando pegar uma carona para Montana para ir atrás dele.

Quando John me viu, havia gelo em seus olhos. Ele estava tão puto comigo, pelo que eu disse para Dean e Sam, que podia ter me socado. Ele chamou Sam, que estava dormindo no sofá. Disse que eles estavam indo embora, ficar com algums amigos *de verdade*.

Eu disse para você que não estava orgulhoso do que disse para Dean, mas eu também não tenho orgulho do que eu fiz em seguida — peguei a espingarda com sal grosso na minha prateleira e persegui John para fora da minha propriedade, atingindo a traseira do Impala com sal, enquanto ele derrapava para fora da minha propriedade.

Passei os próximos anos lamentando o que tinha acontecido. Caçar pode ser uma vida solitária e era muito mais solitário sem os Winchesters. Eu posso ter um exterior duro, mas todo mundo quer uma família. Era isso que John tinha e eu senti que estava jogando isso fora.

A próxima vez que vi Dean e Sam, que foi anos mais tarde, eles estavam crescidos. Sam tinha ido para a faculdade, Dean tinha começado a caçar sozinho. Eles se reuniram para encontrar John, que tinha (mais uma vez) desaparecido. Era a mesma velha história, mas, dessa vez, ambos tinham idade suficiente para saber a verdade sobre John.

Eles, eventualmente, o encontraram, mas sua reunião não durou muito. John deu sua vida para salvar Dean e foi enviado para o inferno pelos seus esforços. Sam, Dean e eu conseguimos abrir o portão do Diabo em Wyoming e o libertamos. E conseguimos, finalmente, nos vingar do Demônio de Olhos Amarelos pelo que o desgraçado tinha feito com Mary Winchester.

Ter os garotos de volta na minha vida tem sido uma das melhores coisas que já aconteceram comigo. Senti como se isso tivesse me dado um propósito que eu não tinha há anos. Tenho uma família novamente.

Se aprendi qualquer coisa na vida, é isso — você escolhe sua família. Não é apenas sangue, não é apenas o que o destino te dá, a vida é o que você faz de si mesmo, com quem você decide passar seus dias. Se Sam e Dean são o que fiz com a minha vida, então eu acho que fiz muito bem.

Eu estou tentando lembrar de qual foi a última vez que vi seus rostos. Ashland é um borrão. Deve ter sido há algumas semanas atrás. Dean fez Sam largar tudo por um show do AC/DC em Rapid City e eu fiz uma viagem ao encontro deles. Dean abriu caminho na multidão no anfiteatro e voltou ensanguentado — não. Isso não foi em Rapid City. Onde foi? Dean, sua cara ensanguentada como se tivesse sido espancado até um fio de sua vida.

Isso foi Ashland.

As estrelas estavam atrás dele também, estrelas pintadas.

O Hotel Starry Nite*, na Rota 13, a duas milhas de Ashland. É lá que Sam e Dean estavam hospedados. Foi para lá que a mulher nos levou, depois do pântano.

Eu estou indo embora agora. Vou voltar para lá, tentar encontrá-los, tentar encontrar essa mulher que fico vendo... e se foi ela que fez isso comigo, eu vou matá-la.

Eu espero nunca ter que terminar esse diário. Se você encontrar esse texto, eu estou morto, dissemine a palavra. Continue lutando a boa luta.

Bobby Singer, 2011

---

* Noite estrelada. (N. do T.)

OBLIVION*

UH. OI.

Eu não sou Bobby.

Meu nome é Dean Winchester e eu não sei muito como explicar o que aconteceu nos últimos dias. Acho que com essas coisas, você começa do início. Eu não sou escritor, então me dá um desconto.

Meu irmão Sam e eu estávamos no norte de Wisconsin, perseguindo uma pista sobre algo que havia desaparecido com alguns caras. Meu dinheiro estava em um súcubo ou uma sereia, mas o Sammy apostou em um *crocotta*. Foi aí que recebemos uma ligação sobre um avistamento de Eve em Port Washington, algumas horas ao sul. Eve era um peixe grande (mas não, literalmente, sabe), então nós tivemos que abandonar o caso de Ashland e chamamos Bobby para assumi-lo para nós. Ninguém ficou chocado quando ele ficou todo ranzinza, mas entrou no seu Chevelle velho e acabado e foi dirigindo para lá.

Quando voltamos de Port Washington (a coisa sobre Eve era um alarme falso), Bobby tinha feito a maior parte do trabalho de campo para nós. Descobriu que estávamos atrás de uma banshee, então Sammy e nós estávamos ambos errados. Em sua infinita sabedoria, Bobby tinha feito a banshee se fixar *nele*, então estávamos olhando para uma situação de contagem regressiva. Cedo ou tarde, Bobby iria voar do ninho e desaparecer, então tínhamos que ficar com ele aonde quer que ele fosse. E cara, o Bobby é um baita tagarela quando você passa o dia inteiro com ele.

---

* Oblivion significa "esquecimento". (N. do T.)

Ele começou a ficar inquieto, queria muito ir para o pântano, então o chamado da banshee tinha começado a funcionar. Antes de dirigirmos para o pântano, Bobby teve que cantar essa canção terrível no telefone de Sam, disse que era a única maneira de matar a banshee e, ei, ele era o especialista. Porém, parecia que éramos nós que estavámos sendo punidos.

Bobby já falou para você como as coisas correram com a banshee. Ela não era o problema. Essa outra — desculpe minha boca suja — puta total, saiu do nada e enfiou o cacete na gente, e nós todos acordamos no nosso hotel, o Hotel Starry Nite na Rota 13.

A mulher estava em pé sobre Bobby, fazendo um vodu nele. O rosto dele estava contorcido de dor, como se ele tivesse comido algum fruto do mar ruim ou algo assim. Ela estava falando com ele, sussurrando, baixo demais para eu conseguir ouvir.

Sam e eu estávamos amarrados em cadeiras, o que acontece a nós tantas vezes que deveríamos carregar facas nas mangas. Mas como somos gênios absolutos, não fazemos isso. Talvez nós comecemos a fazer isso, logo depois de colocarmos nossas armas em molas. Dava para perceber que Sam já estava trabalhando em seus nós e eu também, mas ia demorar um pouco.

A mulher tocou o dedo na têmpora de Bobby, fez uma espécie de fusão vulcana de mentes nele e quando ela afastou o dedo, deixou um rastro de luz branca, como se ela tivesse puxando um fio de pura energia. O que quer que ela estivesse fazendo, Bobby não parecia muito contente com isso. Ela arrastou seu dedo, levando a luz branca com ele, e tocou sua própria têmpora. Como se ela estivesse estabelecendo uma conexão psíquica entre eles.

Não havia nada que pudéssemos fazer, exceto assistir e fazer caretas raivosas para a mulher. Bobby começou a murmurar, balbuciando disparates, como se ele não soubesse onde estava. A vadia estava mexendo com sua mente, botando uma torneira no seu cérebro e deixando todo o suco escorrer para fora.

Sam, sendo Sam, conseguiu se desamarrar primeiro. Aqueles bíceps enormes não são apenas para impressionar os outros caras na academia. A mulher ergueu sua mão, cerrou o punho e ele foi saiu voando de cabeça para baixo e bateu bem em mim. Minha cadeira caiu para trás, o que realmente me ajudou, pois me colocou numa posição melhor para chegar ao nó da minha corda. Eu estava de pé alguns segundos depois e vi Sam levando uma surra pela segunda vez. O cara está sempre apanhando de meninas.

Quando fui para cima dela, não vou dizer que foi ótimo, mas não fui arremessado contra uma parede. Ela pode ter me socado um pouco, mas acertei alguns golpes também. Sam veio por trás dela e conseguiu segurar seu pescoço com a mão, enquanto eu ia atrás do travesseiro na cama, onde eu tinha enfiado uma faca e uma arma.

Foi aí que as coisas ficaram esquisitas.

Bobby levantou-se, começou a ficar louco. E eu quero dizer LOU-CA-ÇO. Tentando bater em todos nós, exigindo que o levássemos para o ponto de ônibus, alguma porcaria dessas. Ela deve ter realmente soltado seus parafusos, porque um segundo depois, ele saiu correndo do quarto e não olhou para trás. Da última vez que o vi, seu Chevelle estava saindo em disparada do estacionamento do Hotel Starry Nite.

E, então, a mulher ficou *realmente* puta.

. . . . .

Não gosto de levar uma surra mais do que qualquer cara normal, mas é um pouco mais vergonhoso quando seu trabalho é dar uma surra nos outros. De qualquer forma, os próximos dias não foram, exatamente, a sala de champagne no Spearmint Rhino*. Sam e eu fomos mantidos naquele quarto de hotel e nossos miolos foram vasculhados, assim como os de Bobby.

* Franquia de clubes de *strip-tease*. (N. do R.)

Partes da minha memória estão confusas por causa do vasculhamento dos miolos..., mas parecia que ela estava escaneando o meu cérebro. Pegando amostras do que ela encontrava no interior e arrancando as partes das quais ela gostava. De vez em quando, ela ria, chorava ou começava a falar consigo mesma, revivendo as memórias que ela estava tomando de nós. Na medida em que ela pegava as memórias, elas passavam em nossas cabeças. Pequenos pedaços delas, como ecos.

Ela ainda estava tirando memórias de Bobby, também. Depois de ter colocado uma torneira em seu cérebro, ela conseguia sugar suas memórias onde quer que ele fosse. Negócio muito bom, eu acho, se roubar a vida dos outros é a sua praia. O que ela estava fazendo com as memórias e por que ela escolhia as que ela escolhia, ela guardou isso para si mesma.

Enquanto eu estava amarrado, com meu crânio sendo sugado, comecei a pensar. Que depois do que ela tinha feito a ele, talvez eu nunca o visse novamente. Ele não parecia estar em estado de vir nos resgatar e aquele cara era a única pessoa que sabia que estávamos aqui.

Eu não deveria ter duvidado dele.

Demorou alguns dias, mas Bobby apareceu. Enquanto a mulher estava me forçando a reviver o primeiro ano, Bobby destruiu a porta do quarto. Ele atirou nela com sal grosso antes mesmo de ela se virar. Sangue negro espirrou no papel de parede brega — deu uma melhorada para falar a verdade. Não derrubou a víbora, porém, e ela foi logo em cima dele. Outra bala atingiu seu estômago e ela se dobrou. Bobby chegou a Sammy primeiro, o desamarrou e depois veio até mim.

Três contra uma, foi uma luta bem justa. Nós a tínhamos encurralado, Bobby tirou uma faca de prata de sua jaqueta, deu algumas golpeadas, depois caiu no chão, tendo uma convulsão. Em seguida, Sammy caiu também. Quando Sam olhou para mim, era como se ele nem me reconhecesse. Um olhar vazio.

Minha vida toda passou pela minha cabeça — cada chute, cada beijo, cada monstro e cada *cheeseburger* de bacon. Todos eles pareciam completamente reais, como se eu estivesse experimentando todos os sabores que já provei ao mesmo tempo. E cara, eles tinham um gosto esquisito juntos.

Eu tive que lutar contra isso para ficar em pé de novo. A mulher estava se exaurindo, segurando suas mãos na minha direção e na de Sammy. Bobby estava novamente em pé, se mexendo com dificuldade na direção dela. Eu caí de volta no chão, absolutamente inútil. Imagine sentir cada emoção que você já sentiu simultaneamente. Eu nem sabia se chorava, se ria ou se vomitava, mas cheguei perto de fazer todos os três. Quando olhei para cima, Bobby tinha a faca contra o pescoço dela. Ela estava falando, mas tudo o que eu podia ouvir eram as vozes na minha cabeça — a voz do meu pai, a voz de Sam, a voz da minha *mãe*, falando que os anjos estavam me protegendo...

Parou rápido, como se uma torneira tivesse sido fechada. Limpei as lágrimas da minha bochecha do jeito mais másculo que pude e aí vi que ela e Bobby ainda estavam se enfrentando. Tanto a faca dele quanto a mão dela se ergueram.

"Quem é você?", ele perguntou.

Ela sorriu para ele, daquela forma totalmente assustadora que monstros fazem. "Oblivion. Lete. O Grande Rio". Ela respondeu e isso é citação direta, porque eu não conseguiria inventar uma merda dessas.

Bobby balançou a cabeça. "Não conheço."

Você sabe quem mais é tagarela, além de Bobby? Monstros. Eles adoram contar sua história e ficam falando sobre quão terríveis suas vidas são, o incrível fardo que eles carregam, blá-blá-blá. Essa não era diferente.

Veja bem, Oblivion, também conhecida como Lete, também conhecida como megera louca, era uma deusa de alto nível na mitologia grega. Seu trabalho? Apagar a memória das pessoas, o que, eu sei, é um choque enorme. Ela gostava de seu trabalho e, aparentemente, era muito boa nisso. Ela curtia, não sei, o gosto das memórias que ela tomava.

Bobby tem uma imagem dela em um dos seus livros, mas não lhe faz justiça:

Oblivion recebia suas ordens do homem lá em cima e tinha sido desse jeito desde que Adão e Eva estavam brincando de molhar o biscoito no Jardim do Éden. Pessoas veem coisas que não deveriam ver todo dia e ela aparecia e removia essas memórias. Como uma faxineira celestial. Mas uma recessão tinha atingido o céu e ela foi demitida. Nós tínhamos impedido o Apocalipse e o grande plano

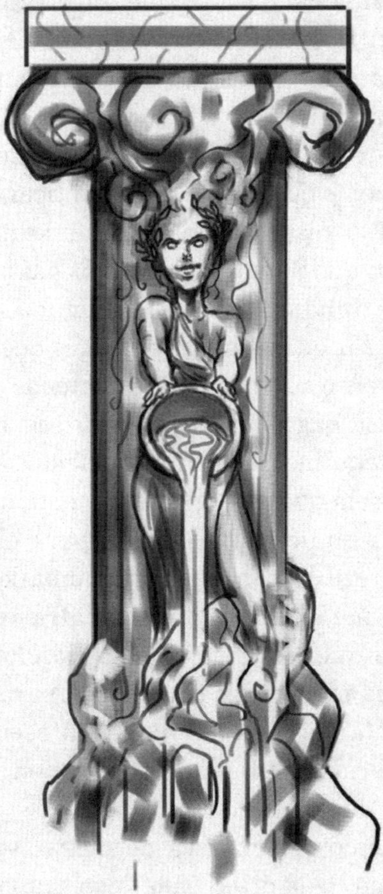

celeste tinha sido eliminado. Como as Moiras, os serviços de Oblivion já não eram mais necessários. Time do livre-arbítrio, cara.

Mas Oblivion, ela gostava demais de seu trabalho para parar. Como um desses contadores que se aposentam, mas ainda fazem os impostos das pessoas para se divertir. Não havia nenhuma ordem vinda do céu para ela retirar nossas memórias. Nenhum plano. Ela disse que se os anjos, como Balthazar, podiam sair por aí fazendo o que desse na telha, então ela faria a mesma coisa.

Bobby perguntou o que ela queria de nós, e ela disse para ele a verdade pura. Uma memória, isso é tudo. Uma das lembranças de *Bobby*. Ela podia sentir o cheiro do outro lado do Estado e ela tinha usado a banshee para nos atrair. Sammy e eu, éramos apenas danos colaterais.

Perguntei o que tinha de errado com as minhas memórias. O que sou eu, um lixo? O que ela me disse vai ficar comigo pelo resto da minha vida. Ela disse que tinha testado nossos produtos e, mesmo com tudo o que Sam e eu tínhamos passado, para o Bobby era ainda pior. Ele tinha sido obrigado a matar a sua própria esposa duas vezes e enterrar quase todos os amigos que já teve. Ele tinha visto coisas terríveis o suficiente para centenas de encarnações. E apesar de toda essa bagagem, lá no fundo, ele estava guardando uma única e perfeita memória. Um momento de... felicidade, eu acho. Era *isso* que ela queria. Aquele momento impecável.

Mas estava escondido bem demais para ela encontrar. Ela estava tentando retirá-la, mas estava embaixo de camadas de sofrimento puro que ela não conseguia atravessar. Foi por isso que ela precisava que ele voltasse a Ashland e foi por isso que ela usou sua conexão psíquica com Bobby para mandar pistas a ele — imagens dela, de mim, do que aconteceu com a banshee, devolvendo memórias o suficiente para ele encontrar seu caminho de volta. Ela queria negociar.

Essa única memória em troca de nossas vidas. Conhecendo Bobby, eu sabia que ele ia dizer "sim" logo. Nunca conheci alguém tão propenso ao autossacrifício. Mas eu esperava que ele não aceitasse. Ele tinha algo dentro de si que era raro, como um em um milhão, ela disse. Se eu tivesse isso, eu ia mantê-lo escondido também. Mas se ele recusasse a oferta, ela iria sugar o que podia de nossas cabeças e ia nos deixar para morrer em estado vegetativo.

Bobby, abençoe seu coração mal-humorado, disse "não". Disse-lhe para ir se danar. Disse que estava cansado de fazer tratos com tipos como ela. Disse que sabia exatamente de que memória ela estava falando e que ele preferia morrer a dar isso para ela. Ele estava desprezando um pouco a minha vida e a do Sam, mas eu adorei a atitude.

No entando, Oblivion sabia de seu ponto fraco. Karen. Bobby tinha percebido que estava perdendo suas memórias no caminho de volta para Sioux Falls. Ele estava com tanto medo de perder suas memórias de Karen que ele cravou seu nome no para-brisa do carro num posto de gasolina no meio do caminho. Oblivion observou, através de sua conexão psíquica, Bobby escrevendo sobre sua morte e como ela o colocou no caminho de virar um caçador. Se ele se importava tanto com ela, como ele se sentiria se ela sequer soubesse que ele existiu? Oblivion tinha um cartão de entrada para os portões do céu. Algumas das pessoas cuja memória ela apagava já estavam mortas – na mitologia grega, o rio Lete era aonde as almas iam para ser purificadas antes da reencarnação – então ela podia achar Karen no céu e roubar dela todas as memórias de Bobby. Se eles se encontrassem de novo, Bobby ainda a amaria, mas ela nem saberia seu nome.

"Então, o que vai ser?", ela disse. "Você vai desistir da memória por Karen?"

Para Bobby, isso não era nem uma escolha. Ele disse "sim".

. . . . .

Oblivion colocou as mãos no rosto de Bobby. Ele estava sentado em uma cadeira, ela estava sobre ele. Uma vez que ela pegasse a memória, ela ia nos deixar ir. Eu conheci monstros o suficiente para saber que quando eles pegam o gostinho, nunca vão deixar você ir. Ela ia pegar a memória perfeita de Bobby, depois o resto dele e então eu, então Sam. Nós tínhamos que resistir.

Bobby disse que estava pronto, se recostou na cadeira. Fechou os olhos, concentrando-se. Era hora de fazer... alguma coisa.

Às vezes, quando estou numa situação muito estressante, penso numa imagem hilária de Sammy quando ele tinha dois anos. Ele está completamente nu, tocando *air guitar* com a música "Kashmir", de Zeppelin. Isso foi antes de ele decidir odiar música boa. Não sei por que isso surge na minha cabeça, mas isso me acalma. Eu estava prestes a assistir a um amigo sendo lobotomizado e, quando menos esperava, lá estava Sammy, tocando *riffs* em sua *air guitar*.

A coisa mais estranha aconteceu. Oblivion riu.

A conexão entre nós ainda estava ativa. Tudo o que eu lembrava, ela lembrava. Finalmente, eu tinha uma arma.

Eu imaginei Alastair me marcando com um pedaço de ferro escaldante. Ganchos enferrujados sendo enfiados na minha pele. Água fervente sendo derramada na minha garganta.

Oblivion recuou, afastou-se de Bobby. Confusa.

Um bisturi cortando a carne no meu peito. Pregos sendo enfiados em minhas mãos. Uma agulha cravando no meu olho. Foi um inferno, literalmente. Eu estava revivendo meu tempo no inferno.

Oblivion rosnou, martirizada pela dor.

"Sam, use o inferno", eu disse. "Pense no inferno." Ele só se lembrava de alguns segundos de seu tempo no inferno, mas ele esteve com o próprio Lúcifer — alguns segundos eram mais que o bastante.

Sam acenou com a cabeça e se concentrou — eu estava preocupado com ele ter uma convulsão, como da última vez que ele se lembrou de seu tempo no inferno, mas isso, ainda, era melhor do que ter nossos cérebros sugados.

Oblivion estendeu sua mão sobre mim, mas eu apenas continuei pensando no inferno. Pensando em anos de tortura, nas mãos de um dêmonio que sabia o que estava fazendo.

E então, minha mãe. Mary Winchester, sorrindo para mim. Oblivion estava colocando a imagem na minha cabeça e eu tive que lutar contra isso. Eu tive que substituí-la por algo terrível.

Bobby se levantou, uma das mãos de Oblivion ainda em sua cara. Agarrou sua mão.

Eu pensei na perda do meu pai. Ser rasgado pelos cães do inferno. Assistir a Sam morrendo pela mão de Jake.

Uma faca. Bobby tinha uma faca. Oblivion gritou.

Eu vi o incêndio queimando uma casa em Lawrence. Queimando o corpo da minha mãe. Eu vi Sam caindo no inferno.

Um lampejo de prata. Bobby esfaqueou o peito de Oblivion. Ela caiu para trás, uma explosão de luz branca saindo de sua boca. Para dentro de mim, para dentro de Sam, para dentro de Bobby e em milhares de direções. Nossas memórias devolvidas aos lugares de onde ela as tirou.

Ficamos todos em silêncio por um momento. Não tendo certeza se aquilo estava realmente acontecendo. Então Bobby pegou nossa sacola e tirou um facão. Começou a picotar o corpo de Oblivion.

Eu perguntei o que ele estava fazendo.

Ele sorriu para mim, como se estivesse se lembrando de algo hilário. Ele disse: "Não está morto até estar cortado em cinco pedaços."

A MEMÓRIA OCULTA

OI. AQUI É DEAN, novamente. Fiquei devendo mais algumas explicações.

Estamos todos de volta a Sioux Falls, no momento, procurando por nosso próximo caso. Eu encontrei essa pilha de papéis no lixo, eu os li todos. Não tinha ideia de que Bobby tinha passado por tantas coisas ou o quão perto chegamos de perder dessa vez.

Bobby não queria terminar o livro. Disse que não tinha nada mais a acrescentar. Eu disse a ele que era importante demais para jogar fora. Algum dia, nós todos vamos ser enterrados e alguém vai precisar continuar isso de onde paramos. Que ele devia a si mesmo colocar um fim nessa história, para deixar algo para trás. Ele me disse para fazer isso, eu mesmo, por isso aqui estou.

Eu disse o que aconteceu com Oblivion. Mas tem uma peça faltando. Depois de termos saído do Hotel Starry Night, perguntei a Bobby sobre a memória. O que é que O-blivion queria tanto. Ele apenas bufou e entrou na sua van, dirigindo para longe.

Há pistas, porém. Você leu o que ele escreveu, certo? O homem é um rabugento do lado de fora, mas é completamente obcecado com família. É por isso que ele sempre foi duro com o meu velho, porque meu pai teve o que Bobby queria — filhos.

Então, há essa lista de nomes, a alguns capítulos atrás. Isso me fez pensar — e se fossem esses os nomes que ele iria usar para seus filhos, se ele algum dia os tivesse?

Eu acho que Bobby tem guardado uma memória há anos, uma que o dilacera por dentro, mas é importante demais para ser esquecida. Preste bastante atenção em mim — eu acho que Bobby ia ser pai. Que Karen estava grávida quando morreu, e que a memória que ele anda escondendo é a dela contando para ele. Eu não tenho nenhum jeito de provar isso, mas aí está. Ela disse a Bobby que ele ia ser pai e, algumas semanas depois, ele teve que matá-la. Uma memória perfeita, cercada por miséria, dor e arrependimento. Talvez sua última memória boa de Karen, o amor de sua vida.

Mas, no fim do dia, a memória é de Bobby. A coisa boa sobre memórias é que elas são privadas. Não podem ser tomadas ou trocadas ou roubadas (na maioria das vezes). Então, chega de perguntar sobre isso. Se ele algum dia quiser compartilhá-la, ele sabe meu número.

Eu e Bobby, nós passamos os últimos dias reconstruindo seu Chevelle. Ele fez o mesmo por mim quando meu Impala estava detonado e concluí que lhe devo uma. É... isso me lembra de trabalhar com meu pai. Se Bobby perdeu, de fato, um filho e eu perdi um pai, bem... então talvez essa não seja uma substituição ruim. Bobby tem razão. Família não é apenas sangue.

SOBRE O AUTOR

DAVID REED trabalhou como coordenador de roteiro em Supernatural e escreveu as histórias do episódio "O Martelo dos Deuses" e "Você Não Aguenta a Verdade", além de outros filmes para televisão e revistas em quadrinho. No seu tempo livre (ha!), ele gosta de sair com sua esposa e seu filho, que são muito legais. Ele pode ser encontrado frequentemente em frente da televisão com um aperto mortal no controle do Xbox360 ou no zoológico de Los Angeles, fazendo sons de animais com (e para) seu bebê.

SUPERNATURAL™

O GUIA DE CAÇA DE BOBBY SINGER